Passion

Teil I

Das Geheimnis 5, 10, 20, 30 Jahre und länger, Liebe und sexuelle Anziehung mit derselben Person zu leben.

Cozi Ziegler

Passion

Teil I

Bibliografische Information der Deutschen Nationalbibliothek:
Die Deutsche Nationalbibliothek verzeichnet diese Publikation
in der Deutschen Nationalbibliografie; detaillierte bibliografische
Daten sind im Internet über http://dnb.dnb.de abrufbar.

© 2017 Cozi Ziegler
Umschlaggestaltung, Herstellung und Verlag:
BoD - Books on Demand

ISBN: 978-3-7431-9882-1

Titelbild von Künstlerin Domenika Kuster

Inhalt

November 2013 1
Ich bin der Schocker par excellence. 10
Der Müllmann 18
Der Schrei 25
Analyse – Spezies Mensch 31
Filaki 33
Lautlos 35
Nach dem 2. Date 39
Wüstenbild 47
Nach dem 3. Date 53
31. Dezember 2013 55
1. Magic 67
Bern 79
Unter der Dusche 82
Die erste gemeinsame Nacht 84
In einer kleinen Boutique 86
Die Leere war da 92
Der Flug 107
Analyse „Naturkatastrophe" – wissenschaftlich unterstützt 109
Schlusswort 118

Vorwort

Meine Passion ist es, sexuell misshandelten Kindern zu helfen.

Aus diesem Grund geht **der komplette Erlös** dieses Buches **an sexuell misshandelte Kinder.**

Wollen auch Sie helfen?
Dann kaufen Sie "Passion - Teil 1", eine mitreissende, leidenschaftliche, lustige, Email-Liebesgeschichte zwischen einem griechischen Macho und einer Zirkusprinzessin.

Wollen Sie das Buch verfilmen?
Dann schreiben Sie bitte eine Email an:
passioncozi@gmail.com

November 2013

Hallo Svenja,
bist Du wieder im Zirkus? Ist auch besser so, denn Erdgas passt nicht wirklich zu Dir.
Du bist ja auch eine heisse Nummer, bist vom Osten, wohnst im Westen, verteilst Mandarinen und arbeitest im Zirkus.....

Glaubst Du wirklich, ich habe Dir Deine E-Mail-Adresse geglaubt, welche Du mir in der Messehalle gesagt hast? Vielleicht verteilst Du ja heute Eiswürfel und das Wasser können wir „zur Rettung des Meeresspiegels" einsetzen.

Das ist so kurios, da musste ich Dir natürlich schreiben, obwohl ich gerade im totalen Arbeitsstress bin.

Ich hoffe, Du hast Dir Gedanken drüber gemacht, was ich arbeite?
Es ist auch eine Art Zirkus und ich bin der Clown, einfach inkognito und ohne rote Nase.

Bist Du jetzt am Arbeiten?

Ich wünsche Dir ein schönes Wochenende mit vielen Clementinen.
Gruss, Georg

Bonjour!
Also, mit Georgios dem Griechen verliert man nie den Boden unter den Füssen?

Ist das wahr?

Die Meeresspiegel-Rettungs-Aktion gefällt mir.
Ich wurde eben erzogen, immer die Wahrheit zu sagen.

Hast Du Lust, nächsten Donnerstag an die Premiere zu kommen und Zeuge unserer neuen Show zu sein? Dies zusammen mit der ganzen Schweizer Cervelat-Prominenz?

Du könntest natürlich auch ein heisses Date mitnehmen, jedoch nur eins.
Gib mir bitte so schnell wie möglich Bescheid, damit ich die Tickets reservieren kann.

Meilleures salutations
Svenja

P.S.: Ich bin keine Nummer, ich bin die Show!!

Salut Svenja,
ja schade, hast Du das jetzt bereits herausgefunden, dass ich Fliesenleger bin!?
Alles klar?
Mit mir steht Dein Leben auf dem Kopf. Einem Schlimmeren hättest Du Deine E-Mail nicht verraten können!
Aber eben, Du bist ja so kurios, da habe ich gedacht, ich muss Dir schreiben.

Du, ich bin eher der Bratwurst-Typ.
Danke, danke für die Einladung, aber ich muss passen.
Hätte gut gepasst, denn am Donnerstag ist mein offizieller Geburtstag.

Ich bin jedoch voll ausgelaugt und zurzeit auch noch krank.
Es geht mir ja sooo schlecht, sag ich Dir.

Dates, hmmm, wüsste im Moment keines, habe gar keine Zeit dazu. Oder könnte ich Dich in diese Kategorie einordnen? Oder gibt's eine Kategorie Mandarinenschalen-Bekanntschaft?
Organisierst Du nun Anlässe oder bist Du selbst in der Manege?
Gruss, Georg

Coucou,
Happy Birthday!
Hast Du schön gefeiert?
Immer viel Mandarinen essen, dann wirst Du wieder gesund!
Bei uns im Zirkus ist Hochbetrieb, deshalb kann ich Dir erst jetzt gratulieren.
Und wenn ich nicht hier bin, mache ich la Tour de Suisse.

Du wirst es nicht glauben, aber ich sammle Parkettböden und Holz jeglicher Art, also wenn Du mal Reste loswerden willst, lass es mich wissen.

Liebe Grüsse, Svenja

Hey, danke.
Habe mir gedacht, dass Du im Stress bist.
Oder dass Du mich bereits jetzt schon blöd findest….

Klar sammelst Du alte Parkettböden, was auch sonst? Ich habe so viele Resten, ich glaube, wir kommen ins Geschäft.
Und jetzt will ich wissen, was Du eigentlich machst. Bist Du eine Nummer oder eine Show?

Hei, vielleicht sehen wir uns ja. Ich bin in Luzern vom 22. bis 23. November und in Lausanne vom 10. bis 14. Dezember. Wo willst Du? Wann willst Du?
Komm, erzähl mir noch etwas Kurioses, dann weiss ich, dass ich nicht der Schlimmste bin.
Bis bald
Georg

Ich bin Geschäftsfrau.
Also mich interessieren nur deine Parkettböden.
Um genau zu sein, ich brauche mindestens 96 m^2, je mehr, desto besser.

Deine vorgeschlagenen Daten sind fast unmöglich für mich, da ich die nächsten 6 Wochen auf dem Zeltplatz ziemlich festgefahren bin.

In Lausanne könnte ich Dir eventuell ein Date mit einer meiner Schwestern organisieren.

Grüsse vom Container

Svenja

Liebe Geschäftsfrau,
Du kannst 1001 m^2 Parkett haben.
Für was brauchst Du es? Bist Du am Bauen?

Willst Du mich unbedingt verdaten?
Ich bin mir sicher, dass Deine Schwester nicht hässlich ist, jedoch habe ich jetzt schon sooo viel Zeit in Dich investiert........
....Wäre ja schade..., und was sollte ich auch sagen? „Bist Du auch auf Erdgas?"
Mit Freundlichkeit
Georg

Ja, wir sind am Bauen. Ich werde Dir die Situation bei Gelegenheit erklären. Denn es könnte auch für Dich ein interessantes Geschäft sein.

Ich würde mich nie im Leben trauen, Dich zu verkuppeln. Ich war mehr um Dein Wohl besorgt. Denn wenn Du in Lausanne bist, bist Du bei Victoria einfach am besten aufgehoben. Mit dem Stichwort Erdgas bist Du gut drin. Sie war auch ein Mandarinen-Girl. And no doubt about her beauty!! Für mich wäre sie die perfekte Miss Schweiz. Gross, sportlich, intelligent mit einem eisernen Willen.

Soo viel Zeit hast Du mir gewidmet??? Was für eine Ehre!
„Soo viel" ist ein sehr relativer Begriff.

Liebe Grüsse, Svenja

Cucurucucu,
super, einen Rat gebe ich Dir, besorg Dir Deinen Boden noch in diesem Jahr. Nächstes Jahr werden die Preise angehoben. Sag mir, was Ihr wollt, dann kann man schauen in der Zeit. Zeitnot ist immer teuer.

Ja also wenn sie sooooo toll ist und so nah am Weg ist und heiratswillig.....
Ja, ich habe Dir viel Zeit gewidmet. Das mache ich nicht mit jeder. Aber wie gesagt, Du bist ein kurioses Ding und das macht Spass. Von normal habe ich genug.
Gratulation, Georg

Was machst Du denn in Lausanne? Arbeiten?

Ich baue zusammen mit meinen Schwestern „La Grange". Die Leuenberger Sisters bauen einen Raum eigenhändig um. Das heisst, ich muss Holz organisieren, dirigieren und Kaffee machen, denn meine handwerklichen Fähigkeiten halten sich in Grenzen. So wie sich auch unser Budget in Grenzen hält. Deshalb suchen wir Sponsoren, welche mit uns ins Geschäft kommen wollen.

Du willst heiraten? Warum sagst Du das nicht gleich! Soviel ich weiss, möchte meine Schwester Victoria gerne bald Kinder haben (ist keine Verkupplungs-Aktion).

Ich liebe Hochzeiten! Also, wenn Du soweit bist, lass es mich wissen. Ich organisiere Dir „Deinen Tag". Und ich kann Dir garantieren, diesen Tag wirst Du nie mehr vergessen!!!

Zirkusgrüsse, Svenja

Shalom Svenja,
ich versuche, die Lausanner vom Taucheranzugfurzen abzubringen.
Sponsoring, tönt gut Geschäftsfrau. Was ist denn die Gegenleistung? Heirat?

Dann doch lieber die Ware gleich gratis abgeben.
Heiraten ist nichts für mich. Das muss man jung und verliebt machen, sonst macht man es nicht mehr.
Du musst eines wissen, die Preise für Holz, werden erhöht, überall. So aus dem Arm kann ich Dir nur anbieten: Laminat 16,--/m^2, Qualität mit einem Richtpreis von 47,--/m^2. Billiger ist Jumbo, aber nicht vergleichbar. Sag mir, was Du suchst, dann kann ich suchen.
Schönen Tag Georg,

Gegenleistung ist, dass Du zum Beispiel einen VIP-Bratwurst-Anlass bei uns durchführen kannst und Werbefläche bekommst oder hast Du eine andere Idee, was für Dich lukrativ wäre?

Vielen Dank für die Preisangaben und das Suchangebot.

Betreffend Frauen tönst Du ja ziemlich verärgert?!
Ich gebe Dir einen Gratis-Tipp: Versuche nicht, sie zu verstehen, trage sie einfach auf Händen, wie eine Prinzessin, und Du wirst der glücklichste Prinz.

Mein lieber Mann, ich biete nicht Heirat gegen Holz. Ich hoffe nicht, dass es jemals soweit kommen wird. Ich organisiere gerne für andere.
Svenja

Lukrativ ist nur Geld, aber schauen wir mal wie, was, wo, keine Ahnung, was ihr da vorhabt.
Danke für den Tipp, aber den brauche ich nicht mehr.
Nur der verdient die Gunst der Frau, der kräftigst sie zu schätzen weiss.
Wie viele m^2 brauchst Du?

Georg
Oohh, welch weise Worte! Magst Du Opern?

„La Grange" ist im Moment noch ein Beton-Bunker, welchen wir in ein Wochenend-Restaurant umwandeln mit Tischen, Bar und einer Bühne. Das Theater wird so speziell wie die Leuenberger Sisters.
Die Fläche misst ca. 70m^2. Das Ganze muss zuerst isoliert werden. Den Boden isolieren wir mit Luft und Holz. Darüber kommt nochmals eine Schicht Holz. Die Wände mit Isolationsmatten, Eierkartons und Holz.
Des Weiteren brauchen wir Fässer. Am liebsten Eichenfässer, in denen früher Wein gelagert wurde. Um ehrlich zu sein, wir nehmen jedes Stück Holz, jede Schraube, jeden Dübel mit Handkuss und werden alles selbst verarbeiten.

Nur Bares ist Wahres... ja, es muss immer für beide Parteien stimmen.

Hast Du denn eventuell Restposten, welchen Du nicht mehr gebrauchen kannst?
Oder reisst Du altes Parkett raus? Kennst Du jemanden, der sein Parkett fürchterlich findet und es von Dir erneuern lässt?
Ich bin überzeugt, dass Deine Qualität besser ist als bei Jumbo. Unser Boden darf ruhig Patchwork-artig aussehen. Schliesslich findet das Ganze auf dem Lande statt und nicht in der langweiligen Genfer Schicki-Micki-Szene (welche ich trotz allem sehr amüsant finde).
Bonne nuit!

Dass Du Opern magst, ist so klar wie das Amen in der Kirche.
Was soll ich Dir jetzt sagen? Dass ich Opern hasse und gerade Parkett entsorgt habe?
Ich hätte da noch Holz, welches ich für Euch aufbewahrt habe. Wann kommst Du vorbei?

Georg

Meine Schwestern werden Dein Holz vor Ort anschauen und dann entscheiden, was zu organisieren ist. Wir zwei können uns gerne zum Business-Kaffee treffen.
Wenn das dann überhaupt noch nötig ist?

Würde Dir Montagabend um 19.00 Uhr passen? Oder lieber Dienstagmorgen um 8.30 Uhr?

Allerliebste Svenja,
nichts ist überhaupt nötig.
Nur, ich habe schon alles, was ich brauche, und ich will nichts von Dir.
Daher würde ich an Deiner Stelle als Geschäftsfrau, mit Ehemann oder Freund oder Hund, ein bisschen charmanter sein, das ist wie Öl im Getriebe.....ditirititi.

Lieber Georgios,
Dein E-Mail war ein kleiner Schock, als ich meine Mailbox heute Nachmittag öffnete.

Du hast natürlich völlig recht, ich bin diejenige, die etwas von Dir will. Das ist mir auch bewusst. Und es war überhaupt nicht meine Absicht, unfreundlich zu Dir zu sein.
Im Gegensatz zu Dir habe ich nicht alles, was ich brauche.

Auch ich finde Deinen Humor witzig und amüsant und ich würde mich freuen, mit dir einen Kaffee zu trinken (rein geschäftlich natürlich – wie Du), obwohl ich das vielleicht nicht so gesagt habe.

Wie ist das mit fehlendem Öl im Getriebe? Ist das unheilbar?

Ich stehe nicht auf Hunde.
Grüsse, Svenja

Allerliebste Svenja,

Ich bin der Schocker par excellence.

Das ist eben dieses Mailen, früher oder später versteht der eine oder der andere etwas falsch.

1. Ich gebe Dir, was Du brauchst, gratis und ohne Gegenleistung.

2. Ich gehe mit Dir auch privat einen Kaffee trinken.

3. Schon klar, Du stehst nicht auf Hunde.

4. Bring Öl, dann läuft das wie geschmiert.

5. Vermutlich bist Du es dir gewohnt, als schöne Frau, dass alle für Dich alles stehen und liegen lassen. Ich bin 32 Jahre alt, da spielt die Jukebox eine andere Melodie.

Ich, als Nicht-Erdgasfahrer, der nicht in den Zirkus geht, habe natürlich eine helle Freude an Dir, weil Du absolut anders bist als ich. Da war es nur eine Frage der Zeit, wann wir uns falsch verstehen. Du siehst, ich bin völlig harmlos.

Du wolltest mich zum Kaffee einladen?

Gruss, Georg

Rebonjour,
merci für die Blumen.

Welches Lied wird denn bei Deiner Jukebox am meisten gewünscht? Es ist wirklich alles ein wenig ungewöhnlich mit Dir.

Darf ich Dich zum Kaffee ausführen?

Salut Svenja,
oh, quelle très positive action! Mais oui, comme vous voulez.

Am besten, wenn Du in Zürich bist. Hast Du ein Auto? Ich kann Dich auch abholen, dann können wir das Holz gleich anschauen. Wir können uns auch untertags treffen.
Bist Du flexibel?

Bonsoir Monsieur,
quel honneur pour moi d'obtenir un rendez-vous avec Georgios.

Ich bin so flexibel wie der Zirkus. Das heisst, die nehmen im Moment viel von meiner (Frei-) Zeit in Anspruch.

Würde Dir zum Beispiel kommender Mittwoch passen? Ich arbeite bis 18.00 Uhr, dann muss ich noch 2h Reserve einplanen und einen Zahnarzt-Termin vortäuschen, ansonsten sitze ich um 24.00 Uhr noch im Container. Oder Donnerstagmorgen ab 8.00 Uhr hätte ich Zeit. Bis spätestens 13.00 Uhr sollte ich dann wieder in der Manege sein.

Wie sieht Dein Vorschlag aus? Ich würde mich sehr freuen, wenn Du mich abholen kommst. (Ich werde sonst immer von der längsten Limousine der Schweiz chauffiert.)

In welcher Stadt ist denn das Holz?

Coucou!
How are you?

Du, nächste Woche hat sich beim Zirkus schon wieder alles geändert.

Bist Du kurzfristig flexibel?

Morgen Abend oder Samstagabend?
Liebe Grüsse, Svenja
P.S.: Sorry für das Hin und Her.

Tütü,
oh la la, Wochenende?
Bist Du aus dem Programm raus? Hast Du überhaupt einen Job?
Dieses Wochenende geht leider nicht, aber flexibel bin ich schon.

Wie wäre es am 5., am 7. oder am 15.?
Bonne nuit, Georg

...kommt darauf an, was man unter Job versteht....
Im Moment erhalte ich auf jeden Fall ein Salär am Ende des Monats.
Der 7. gefällt mir sehr gut.

Morgen/Mittag Date? Am späteren Nachmittag bin ich wieder im Programm.
Es ist manchmal fast zum Verzweifeln, der ganze Zirkus ist eine unvorhersehbare Life-Show.
Obwohl ich einen Einsatzplan bis zum Ende des Jahres habe, kann ich genau bis zur nächsten Explosions-Szene planen. Nur werden diese Domina-Einspielungen nicht im Drehbuch erwähnt.
So let's cross fingers.
Geniess das Wochenende!
Liebe Grüsse, Svenja

Hallo Svenja,
Du bist nicht zufällig mit Leuenberger Immobilien verwandt?
Georg

...Der ist mir noch nie in meinem bisherigen Leben begegnet. Nun gut, ich lebe ja auch noch nicht so lange wie Du! Wenn er Glaner Bürger ist, müsste er mit mir verwandt sein.
Meine Kenntnisse über unseren Familienstammbaum beschränken sich auf die Blüten.
Svenja

Svenjaaaaaaaaa!
Wo bist Du?

Ich bin hier.... und Du?

Hallo Svenja
Also Du musst mir noch den Termin bestätigen.

Coucou!
Für mich ist der 7. Dezember immer noch gebucht.
Et toi? A quel heure?

Coucourucucu,
Hast Du ein Mail von mir verschlafen? Ich kann erst um 21:30 Uhr, früher geht leider nicht! Ist das ok für Dich?

Lieber Georgios,
Du machst mir das Leben nicht gerade einfach.
Um diese Zeit spiele ich meinen Hauptakt.
Sieht man denn das Holz um diese Uhrzeit noch?
Mittwoch und Donnerstag könnte ich am Abend, jedoch nicht Freitag, Samstag.
Svenja

Alllerliebste Svenja,
Du bereicherst mein Leben ungemein!
Was ist Dein Hauptakt? Mittwoch ist perfekt!
Wo?

Mein Hauptakt ist die Spannung von A nach B und wieder zurück.

Dass ich Dein Leben bereichere, kann ich mir vorstellen...
Ich bin auch immer wieder von mir selbst überwältigt.
Also am Mittwoch sehen wir uns, das heisst morgen Abend. Ich werde bis 18.00 Uhr arbeiten.
Willst Du mich beim Zeltplatz abholen kommen? Oder fürchtest Du den Zirkus oder magst Du ihn einfach nicht?

Anyhow, ich könnte auch den Zug bis zum Hauptbahnhof oder wohin auch immer nehmen.
Ich bin so überwältigt vom Zürcher S-Bahn-Netz, dass es für mich immer wieder eine Freude ist, einen neuen Bahnhof zu entdecken.

...Wenn Du eine Seiltänzerin bist, find ich das geil! Ich kann ja kaum gerade pinkeln.
Ich komme Dich holen um 18:10 Uhr, dort, wo das Seil hängt.
Bis bald, Georg

Nach dem ersten Rendezvous:

Lieber Georgios,
Deine Mandarinen-Aktion fand ich originell.

Hallo Svenja,
ist das schon alles?
Also ich fand Dich originell!
Gestern war ja schon spät, ich war erst um 1.00 Uhr zu Hause und heute Morgen war das Aufstehen nicht soo lustig.

Wie geht es Dir?

Happy St. Nikolaus!
Was möchtest Du denn hören?
Dass Du ein süsser Zuckerbolle bist und ich Dich am liebsten vernaschen würde?

Bien, Schmutzli!
Nasch, nasch, nasch....
Bist Du wieder auf der Suche nach dem verlorenen Charme?
Ich möchte doch das hören, was Du denkst. Aber Zuckerbolle tönt schon sehr lecker.
Du bist ja so süss, dass ich meinen Kaffee jetzt ohne Zucker trinke.

Tja, ich liebe das Hochseil...
In jeder Aussage liegt ein Stückchen Wahrheit....
Pass auf, dass Du keine Kaffee-Überdosis kriegst!

Also heute ist ein Tag, sag ich Dir... ich könnte jeden würgen, der mir den Weg kreuzt....
Für Dich bleibt nun auch nicht mehr viel Charme übrig.

Oh well, das ist zum Glück nicht der Alltag!
Bonne nuit, Svenja

Bonjour mon amour... (reimt sich halt so gut)
Tja, und ich liebe die Masslosigkeit.
Überdosis stellt da kein Problem dar, ausser in der uncharmanten Form.
Ja klar steckt da Wahrheit drin, ich habe ernsthaft keinen Zucker mehr seit Mittwoch und Du bist zuckersüss.

Gehst Du morgen nach Genf? In Deine Wahl-Heimat?

Bonsoir,
kommst Du mit?
Ich würde mich über Deine aussergewöhnliche, spannende, herausfordernde, witzige, anders-zickige, amüsante und aufregende Begleitung sehr freuen!

Bisou aus dem Zirkuswagen
Svenja

Wann gehst Du?

Wenn ich das wüsste... Ich hoffe, um ca. 18.00 / 19.00 Uhr.

Hei,
das wäre schick.
Aber ich muss arbeiten, und heute kann ich nicht vor 19:00 Uhr los, und ich muss doch nach Lausanne. Würdest Du mir dann Genf zeigen? Ich würde mir Genf zeigen lassen.

Kennst Du Secret, eine Ami-Dokumentation über das Geheimnis des Lebens?
Georg

Svenja,
mit Dir im Lift? (Kurzfilm, in dem eine Frau und ein Mann im Lift stecken bleiben)

Georg

Welche Szene möchtest Du wiederholen?

Svenja

Völlig egal, Hauptsache leidenschaftlich und sexy und damit meine ich nicht, möglichst wenig an.
Süsse Träume,
Georg

Der Müllmann

Welche Aufregung bereits am frühen Morgen in den Strassen von Genf.
Der Müllwagen versucht, sich mit seinem panzerartigen Gefährt zwischen zwei eng parkierten Autoreihen durchzudrängen.

Millimeter für Millimeter rückt er vor. Es ist eine Augenweide, zu sehen, wie er sich mit Entschlossenheit und Ruhe vortastet.
Seine Gehilfen rechts und links lotsen ihn.
Die Perspektive aus dem vierten Stock ist so klar und logisch.

Ich weiss nicht, ob er sich seiner Macht bewusst ist. Er könnte jedoch ohne Problem die kleinen Blechdosen links und rechts auf die Seite drücken. Er müsste nur aufs Gaspedal drücken. Oder jemand könnte das Panzerfüdli geradestellen.

Nein, stattdessen stellt er sich stur und fängt an, wie ein kleines Kind zu stänkern. Drückt seine Alarmhupe zwei Minuten, ununterbrochen, als ob sein Fuss gerade darüber eingeschlafen wäre. Nichts passiert. Weder vor noch zurück. Er steckt fest.

Ich schliesse das Fenster und widme mich wieder Mozart, welcher mich heute Morgen geweckt hat und mich durch nichts aus der Ruhe bringen lässt.

Petite matinée,
Bonne journée, Svenja

Mozart, oh la la, und Du sagst, Dein Vater ist Bauer?
Georg

Was hat denn das eine mit dem anderen zu tun?
Ausserdem wirkt klassische Musik auch auf Tiere stimulierend. Mehr Milch ist garantiert!

Deine Akkordarbeiter würde ich auch nicht unbedingt zu Mozart arbeiten lassen....! Wobei, es wäre vielleicht einen Versuch wert.
Das Resultat würde mich auf jeden Fall interessieren!

Svenja

Ja also wenn jemand Mozart hört, dann stammt er meistens von intellektuellen Eltern, aber alles ist möglich und umso besser.
Nein, es ist keinen Versuch wert, weil Bodenleger nicht allzu intellektuell sind, und keine Ahnung haben, was sie eigentlich hören.

Wie sieht es holztechnisch aus? Wie sieht es bei Dir aus betreffend Deiner Möbel/Deines Parketts und der Leuenberger Sisters?

Georg

Hast Du noch Platz für uns in Deiner Agenda Samstagmittag zwischen 12.00 und 13.00 Uhr oder Sonntagabend? Wir sind immer noch sehr an Deinem Angebot interessiert and very excited about it.
Svenja

Geht es auch später am Samstag?

Liebe Svenja,
ich muss Dir mal ein Kompliment machen und mir gleich auch eines. Ich finde Dich super!

Das bestätigt mir dann doch, dass, wenn ich mich dann schon mal wieder mit dem anderen Geschlecht abgebe, diese Frau auch eine heisse Katze ist.
So viele von dieser Sorte gibt es meines Wissens nicht. Einen Orden für Dich und einen schönen Tag mit dem Müllmann.
Georg

Lieber Georgios,
was für eine Freude, wenn ich mein Postfach öffne und Deinen Absender unter den Mails entdecke.

Vielen Dank für Deinen Orden, der allerdings gemäss Deinem Schreiben ganz allein Dir gewidmet ist, but that's ok. Was ich allerdings nicht ganz in Deiner Geschichte verstehe ist: WIESO gerade Du mit dem anderen Geschlecht so auf Kriegsfuss bist. Georgios kann ohne Frau gar nicht überleben... oder bist Du einfach in Deiner Trotzphase, weil Du nicht sofort auf Knopfdruck das erhalten hast, was Du wolltest?

Hallo Mozartkugel,
ouh, was hab ich wieder geschrieben?
Aber falsch, Kompliment an Dich, anders verpackt.
Frauen sind das Schönste, das es auf diesem Planeten gibt.
Und fast alle gratis. Leider sind viele nur schön oder schön blöd. Ich mag keine dummen Menschen.
Darum mag ich Dich.
Wenn ich mal eine total bescheuerte Idee habe, denke ich an Dich, mit Dir könnte man das durchziehen. But I don't push the button if I want something!

And if you have two geili Koffer and one Eichenfass you can take it all! Just take it.
Schöner Tag Georg

Georgios,
Koffer sind voll meine Stärke, die sind bereits gepackt, zumindest in meinen Gedanken. Eichenfass ist Neuland. Wie fülle ich nur dieses elegante, verstaubte, dickbauchige Gefäss?
Soll ich zuerst die verstaubte, schuppige Aussenschicht abreiben? Aber ist es dann noch originalgetreu? Wahrscheinlich muss ich da noch ein paar Mal ein- und auspacken. But once I've got it, it will rock, that's for sure!

Die Leuenberger Sisters würden Dich und Dein Parkett gerne kennen lernen. Sie vertrauen mir und freuen sich auf das verschobene Date. Ist das OK für Dich?
Vielen Dank für Deine Lagerfristverlängerung, ich kann Dir gar nicht sagen, wie erleichtert ich bin. Es sind mir deswegen bereits wieder ein paar graue Haare nachgewachsen.
Bonne nuit, Svenja

Ach, wie wäre das schön gewesen, ein Abend mit Dir in Genf..... echt schade.
Meinem Hirn geht's gut, die Seele hatte ein wenig Sorgen...
Georg

Jetzt bin ich sogar schon so weit, dass mich der Laptop ins Bett begleitet, weil ich einfach nicht einschlafen kann, bevor ich nicht mein Tages-Charme-Training absolviert habe.

Zum anderen bin ich noch so hipahipa, dass ich den Mount Everest erklimmen könnte.
Heute habe ich mir zum ersten Mal die Show von A-Z angesehen.
Du, ich glaube, die könnte Dir sogar gefallen. Also, wenn Du Deine Grossmutter wieder einmal ausführen willst, lass es mich wissen.
Bonne nuit,
Svenja

Vermutlich denkst Du zu viel an mich? Du musst vor dem Einschlafen an unsere Liftfahrt denken, bei der der Strom ausgeht für lange Zeit... absolut dunkel. Was man da alles tun könnte?

Du motivierst mich, morgens nicht aufzustehen. Wenn ich morgens aufwache und an Dich denke, kann ich auch nicht mehr schlafen... (Charmealarm).

Ausführen gerne wieder, könnten wir mal sturzbesoffen sein? Oder ist das niveaulos? Irgendetwas Verrücktes, bitte.
Schönen Sonntag
Georg

Oh ja, ich wollte schon immer mal in ein Champagner-Bad abtauchen. Mich prickelt's jetzt schon am Bauch. Life is an orgasme.

Ich bin eben das Gegenteil von einem Eisklötzchen, je suis le plus efficiente kurz vor dem Siedepunkt. Deshalb habe ich keinen Einfluss auf meine Gedankengänge.
Bisou, Svenja

...le petit mort...
Gut, sind wir uns einmal einig.
Georg

Please, sag mir mal was Verrücktes.

Du hast eine unheimlich sexy Ausstrahlung.
…Ok, ist nicht wahnsinnig verrückt, aber wenn ich was finde, schreib ich's natürlich sofort.

Und trotzdem stellst Du immer wieder meinen Charme in Frage?!

Nur weil Du sexy bist, heisst das nicht, dass Du charmant bist.

Ist es denn nicht mein Charme, der mich sexy macht?

Und den geilsten Witz erzähl ich Dir persönlich, der ist zu geil.

Willst Du meine Neugierde foltern? Oder war das ein rein taktischer Feldzug?
Wann willst Du ihn mir denn erzählen?
Lass uns lieber Schach spielen.

Hallo, guten Morgen,
aber gerne, liebe Dame, wenn ich der König sein darf?

Strategisch gesehen müsste ich Dir den im Bett erzählen.
Du kannst wieder einmal wählen, Schach oder Witz.
Wie sehen denn Deine Termine aus? Zeit für mich?

Natürlich bist Du der König! Wer die Wahl hat, hat die Qual... und es kommt dann sowieso meistens anders. Theoretisch habe ich immer Zeit für Dich.
Praktisch wäre das nächsten Sonntag. How about you?

P.S.: Glaubst Du etwa, ich gebe mich mit Bauern ab??

Ich dachte, Dein Vater ist Bauer?

Auch unter den Bauern herrschen die Könige.
A wonderful lovely day to you!

Der Schrei

Ich liege auf dem Sofa. Die Füsse aufgestützt. Mein Rock gleitet über meine nackten Schenkel. Meine Muschi ist bereits erregt. Du siehst es am feuchten Glanz.

Die Öffnung meiner Vagina ist so gerichtet, dass Du deren Eingang sehen kannst.
Ich nehme die Aussen- und Innenlippen im Zangengriff zwischen meine Finger.

Meine Beine spreizen sich automatisch weiter auseinander. Ich spüre Deine Erregung aus der Ferne, Deinen Blick, Deine Begierde.

Ich gewähre Deiner Zunge Zutritt zu meiner Vagina. Führe sie durchs Tor und zeige ihr das Geheimnis des Innern.

Dein Mittelfinger bohrt sich in meinen After.

Ich öffne zwei Knöpfe meiner Bluse. Meine Brüste sind erregt. Die Brustwarzen hart. Mit den Fingern presse ich die Brustwarze zusammen, welche direkt mit meiner Klitoris in Verbindung steht.
Die Klitoris schreit! Sie will masturbiert, gedrückt und gerieben werden.

Mein Körper bebt. Er steht kurz vor einer Explosion, welche ich hinauszögern möchte. Doch das Beben ist zu stark. Ein Schrei explodiert in meinem Körper. Ein Stöhnen entweicht durch meinen Mund. Du trinkst meinen Champagner-Jus, welcher nicht mehr aufhören will zu fliessen.

Ich fühle mich wie frisch verheiratet. Mein ganzer Körper ist in Feststimmung.

Georgios, Du erregst mich, neue Türen zu öffnen.

Don't be scared now!
Ich bin einfach verrückt nach meinen Orgasmen und habe ihn noch nie schriftlich geschildert.

Wie findest Du mein erstes Mal? Unheimlich?
Svenja

Nachdem sich mein Mund wieder geschlossen hat, das Blut wieder im Kopf ist, schreibe ich Dir mit einem verschmitzten Lächeln im Gesicht.

Wahnsinn. Ich wusste nicht, dass Wörter (oder ist es meine Fantasie, welche das so gut ausmalen kann) so unheimlich erregend sind.

Habe ich im Lotto gewonnen? Gibt es was Schöneres als so eine E-Mail? Du erregst mich sehr!

Mir geht der Sonntag nicht.
Wie sieht es am Freitag oder Samstag aus?
Geht Dir vermutlich nicht? Oder untertags?

Good afternoon!
How are you? Ich habe etwas Mühe, mich auszudrücken, wie ich das Leben sehe, was ich im Leben will, meine Lebensphilosophie zu beschreiben. Vielleicht weil ich es

manchmal selbst noch gar nicht weiss oder es sich wieder ändert. Deshalb spreche ich gerne symbolisch.

Also, das ist kein Lottotreffer, sondern meine Faszination für das menschliche Nervensystem.

Eventuell könnte der Samstagabend passen. Ich kann Dir das allerdings erst morgen bestätigen. Ok?
Liebe Grüsse, Svenja

Hallo Svenja,
alles klar? Ich war um 4:00 Uhr wach und konnte es immer noch nicht glauben.

Danke, es geht gut, war bei einem Coiffeur Kunden in Luzern. Gleich noch Haare geschnitten.
Ich komme ja zu nichts mehr.

Ich muss gestehen, ich habe noch nie so was geiles gelesen. Ich kann es nicht glauben!
Ist das von Dir oder Copy-Paste? Auch wenn's Letzteres ist, allein der Gedanke daran ist schon geil.

Du hast Mühe, Dich auszudrücken??? Nach deinem Mail gestern??? Wie denn, wo denn, was denn?
Macht nichts, schön, wenn wir was Schönes zu erzählen haben. Wäre schön, wenn's klappt am Samstag, ich weiss ja nicht mehr, wie Du aussiehst! Ich weiss nur noch: unglaubliches Sexappeal und sehr hübsch!

Ich umarme Dich, Georg

Hello again, es ist alles klar hier auf der dunkleren Seite des Röstigrabens. Ich glaube, ich schwebe diese Tage in einer anderen Sphäre... but I like it.

Auch für mich war das eine kleine grosse Premiere und Deine unvorhersehbaren Reaktions-Ausbrüche haben natürlich die ganze Spannung in mir noch gesteigert! Meine Fantasien habe ich direkt von meinem Hirn aufs Papier kopiert. Sozusagen frisch gebacken habe ich Dir den Orgasmus offeriert.

Falls es jemand anders geschrieben hätte, würde ich diese Person gerne kennen lernen – ich glaube, wir würden uns verstehen.

Im Prinzip ist es immer dasselbe, so wie wir es in der Schule gelernt haben:

-Input
-Verarbeitung
-Output
-Analyse

Dass mein Schreiben in Dir doch zwei Wimpern zucken liess, freut mich sehr. Ansonsten wäre mein Versuch völlig misslungen.
Was mich jetzt natürlich brennend interessiert, ist, was es in Dir ausgelöst hat?
Ich kann mir vorstellen, nicht dasselbe wie bei mir. Denn als ich die Taste „send" gedrückt habe, war mein Höhepunkt schon längst vorbei.

Ich habe mich zwar noch intensiv damit beschäftigt, jedoch war meine gewollte Message nicht, Dir einfach ne geile Story zu senden.

I just wanna **stop dreaming life**, I want to live it! I want to create something big! See the beauty of life every day.

Sei es der Müllmann, eine alte Dame, die mir aus ihrem Leben erzählt, der Clown, der mich zum Lachen bringt, der Schweizerbünzli, der verrückte Ami, der Chinese, den ich nie verstehen werde.... I need them all, I wonna eat them all, I am so hungry!

Es kann ja nicht sein, dass ich mein Leben verschlafe. Da ist noch viel mehr Unentdecktes auf dem Planeten Erde und vor allem in meinem eigenen Leben, welches ich versuche zu verstehen, zu erkunden oder eben einfach zu leben.
And I love to use my female attraction!

So, genug philosophiert für heute. Am liebsten führe ich mich nämlich wie ein kleines Kind auf, unbefangen und voller Neugierde.

Gros Bisou, Svenja

Was soll ich dazu sagen....

Deine Message ist richtig angekommen. Ich fühle mich schon geehrt wenn ich so ein Mail bekomme. Ich könnte es immer wieder lesen. Das ist Hammer.

Ich las es auf zwei Ebenen, die eine erregte mich und wollte nicht glauben, was da steht, die andere dachte: „Hoffentlich ist das kein Witz."

Das Herz blieb stehen... ich las weiter... es erregte mich so sehr... meine Hand wanderte, ohne einen Hauch zu denken zwischen meine Beine und ich lebte jede Silbe, jeden Buchstaben mit Dir mit. Ich war dabei. Das war richtig geil, absolute Weltklasse. Danke.

Auf einer Skala von 1 bis 10 ist das nicht zu beziffern. Ich freue mich, dass ich Dich kennen gelernt habe.

Süsse Träume

P.S.:
Machomodus aus: Ich hätte das so auf meinen Wunschzettel geschrieben. Unglaublich, ich finde keine Worte....
Was habe ich wieder Glück im Leben.

Analyse – Spezies Mensch

Dear Georgios,
Juppiiii... Es hat funktioniert! I am so happy, for you, for me and for anybody else who enjoyed a f... great explosion that night.

Jetzt kommt wieder eine interessante Analyse, was Spezies Mensch betrifft:
Du, als Mann, kannst den „Schrei" immer wieder lesen und findest es immer wieder geil.

Ich, als Frau, kriegte fast einen Schreikrampf vor Lachen, als ich ihn drei Tage später zwischen „Kochen und Putzen" nochmals gelesen habe (es kommt noch dazu, dass die deutsche Sprache einfach fürchterlich klingt).

Gleicher Effekt wie ein Pornoheft. Männer können ohne Problem darüber masturbieren. Eine Frau speichert sich die Aufnahmen, sei es eine Position, ein Ausdruck, die Unterwäsche, eine Stellung... Sie versteckt die Bilder in ihrem Hirn und das Hirn beginnt zu arbeiten. Erst später, wenn die Umstände stimmen, die Lust da ist, kommt die Selbstverfilmung der Fantasien in Action.

Anderes Beispiel: In der Schule habe ich mich immer schrecklich gelangweilt, bis ich eines Tages angefangen habe, meine Lehrer (nur die reizvollen) während des Unterrichts auszuziehen (in meiner Phantasie). Von da an nahmen die Schulstunden eine ganz andere Dimension ein...

Wenn ich jetzt den Lehrer wirklich vor der ganzen Klasse gepackt und verschlungen hätte, glaube ich jedoch nicht, dass mich das in irgendeiner Weise erregt hätte.
Das kann ich allerdings nicht wirklich beurteilen, hätte es vielleicht ausprobieren sollen.

Nun gut, …ich mach mir einfach so meine Gedanken…bin eben eine Frau…
Was ich damit eigentlich sagen möchte, weiss ich auch nicht so genau. Ich bin just very happy, dass ich mir das jetzt so erklären konnte, und vielen Dank, dass Du mir zuhörst.

Was immer auch die Wissenschaft dazu sagen mag, ich glaube nur, was ich selbst erlebt und gelebt habe.

Vive la vie, bisou, Svenja

Liebe Svenja,
aha, Du wolltest was testen? Ein Spiel spielen?
Tu es. Du bist ein verrücktes Huhn! Aber ein geiles! Ich mag Dich.

Langsam habe ich das Gefühl, wir sind nicht so weit voneinander entfernt, wie ich am Anfang gedacht habe. Schön!

Mit deiner Analyse „Gleicher Effekt wie Pornobilder" bin ich nicht ganz einverstanden.
Ausserdem heisst das bei uns onanieren. Ausserdem glaube ich nicht, dass es viele Frauen gibt, die so denken. Falls ja, stell sie mir vor.

Weisst Du, ich habe Dich mal gefragt ob Du die Dokumentation Secret gesehen hast. Madame hat das für Blabla gehalten und ignoriert. Schade. Geht genau um die Frage, die Du Dir stellst. Oder eine davon.

Baby, wir bleiben dran.
Wie sieht's holztechnisch aus?

Filaki, Georg
P.S. Deine Wortwahl von den letzten Emails lässt mich fragen, ob Dein Vater nicht Herbert Leuenberger, der Unternehmer & Politiker, ist? Wenn ja, möchte ich ihn gerne kennenlernen.

Bonsoir,
hat sich der Macho in dir zurückgemeldet?
Deine Frage bezüglich meinem Vater ist sehr beleidigend für mich. Du zweifelst an meinen Worten?

Filaki

Filaki, was immer das auch heissen mag, Griechisch? Sprichst Du Griechisch?
Ich finde, Filaki ist der perfekte Kosename für Dich: der kleine Filou, reizvoll und unglaublich herausfordernd. Darf ich Dich von nun an Filaki nennen?

Der Röstigraben, hat eben ein bisschen abgefärbt, danke für deine Wortbelehrung.

Wir sind alle drei immer noch heiss auf Dein Holz. Es gibt eine Planänderung. Wir müssen einen neuen Raum finden. Vielleicht sollten wir einfach das Holz abholen, damit uns ein schmuckes Holzhäuschen begegnet. Wie sieht es bei Dir aus? Brauchst Du Platz?

Möchtest Du mich am Samstag immer noch sehen? Ich würde mich freuen!
Lust auf einen Leuenberger-Sister-Act? Vielleicht sind die zwei sogar am Samstag in der Gegend.

Svenja
P.S.: 1. Ich kann nur Spiele spielen, wenn ich herausgefordert werde, und ich bin völlig machtlos, eine solche Herausforderung nicht anzutreten.
P.S.: 2. Patrick Leuenberger.

Hach Svenja,
wieso jetzt? Ich schreibe Dir gerade ein E-Mail, aber das dauert noch eine Stunde.
Ich gebe Gas....
Georg

Take your time, dann kann ich mich jetzt schon auf einen guten Morgen freuen!
Svenja

Lautlos

Take your choice in 5 minutes!
Ready? Sie zögern? Warten auf Morgen?
Sie glauben, Sie haben noch Zeit? Sie wollen warten?
Sie haben 2 Varianten für Samstag:

Sie tun das, was Sie vorhaben, haben bereits zugesagt und doch spüren Sie Lust, es nicht zu tun. Sie tun, was Sie wollen, immer, aber diesen Samstag sollten Sie das wollen, was Sie nicht wollten. Warum Sie das tun sollten? Weil jemand Ihre Sinne bereichern wird.

Weil die Verbindung zwischen Ihrer Brustwarze und Klitoris noch Zehntausend andere Nervenzellen hat.
Weil jemand versteht, was Sie fühlen.

Du sagst nichts. Die Mundwinkel angespitzt, das Lächeln dringt durch Deine Augen. Du weisst, Du hast schon vieles erlebt, es wird nicht der Super-Hype der Überraschungsgala und doch bist Du gespannt wie eine Geigensaite.

Die Art der Besinnung ist so leicht und sexy und dringt durch den ganzen Körper hindurch und fügt sich mit Dir zusammen. Und irgendwann ist Schluss. Die Ruhe kommt und man ist wieder da. Wir werden lachen...

Sie wählen zwischen zwei Alternativen:
3.02 oder 3.07? Sie haben die Wahl, zwischen Samstag oder dem, was Sie wollen.

Mit Freundlichkeit
Ihre wie immer vorzügliche Wahl

Svenja: Ich will laaachen!

Georg: Was wählen Sie? 3.02 oder 3.07?

Svenja: Das war wie fliegen! Wow!

Georg: And now take your choice!

Svenja: Hilf mir!!!

Georg: Fein oder viel zu gut?
Ich habe morgen um 10:00 Uhr einen wichtigen Termin.
Wenn wir schnell sind, ist das schön.

Svenja: Kann ich beide wählen?

Georg: Gibt es Männer, die brauchbar sind? Nein!

Svenja: Ich verstehe nichts mehr!

Georg: Das eine ist die vollkommene Geilheit. Und das andere die absolute.

Svenja: Also, 07.

Georg: Volltreffer!

Svenja: Ich freue mich ausserordentlich über den Volltreffer.

Mit einem Lächeln im Gesicht ich geh zur Ruh.
Georg

Svenja: Filaki, meine Geigensaiten sind so gespannt, dass sie fast zerreissen!

Georg: Du wolltest spielen... Spiel mit mir!

Svenja: Sind Spielregeln zu beachten?
Es ist Nachmittag... Weisst Du, was ich gerade trage?
Deinen «Lautlos-Pullover» und er bringt mich zum „Schreien"!
Darling, zieh Dich warm an am Samstag!

Samstag ja, sonst nicht.
Es ist 8 Uhr morgens, weisst Du, an was ich gedacht habe?
An Dein feuchtes Höschen, denn Du bist so nass, weil ich meinen harten Schwanz so fest an Deinen geilen Arsch drücke und langsam hin und her bewege und dann immer fester, leidenschaftlicher...
Ich streichle Deine Brüste, Du fühlst, wie sich die Haut zusammenzieht, deine Warzen werden hart. Du wachst auf, bewegst Deinen Körper, drückst ihn gegen mich, es wird heiss, sehr heiss. Du ziehst das Höschen aus und nimmst meine Hand und führst sie zwischen Deine Beine. Meine Finger gleiten über deine Klitoris weiter nach unten. Es ist so schön nass, es schreit förmlich nach mehr...
Meine Zunge streift über Deinen Nacken. Ich dreh Dich mit dem Kopf zu mir, ich muss Dich küssen, zuerst ganz langsam, nur mit den Lippen, und dann immer fester, leidenschaftlich so gut, dass Dir das Licht für einen Moment entgleitet.

Ich freue mich schon sehr auf Dich, Du verrücktes Huhn.
Filaki Georg

Hello Filaki!
Der sass tief.... tief in der Höhle....

Wichtige Gebrauchsanleitung, um die Spielregeln morgen einzuhalten:

1. Ich esse keine Chemie.

2. Stock und Zylinder statt Plastik.
Svenja

Liebe Svenja, die Gebrauchsanleitung ist überflüssig, no chemicals, no plastic, only a little fantastic trip.
Bist Du nervös?

Svenja: Sollte ich sein?

Georg: Vielleicht...

Svenja: Ich werde nervös! Der Kribbel-Countdown hat begonnen!!

Georg: Sehr gut, wenn ich nicht nervös wäre, wäre ich pokern gegangen.

Nach dem 2. Date

Liebe Svenja,
die erste Schneeflocke hab ich mir für Dich gewünscht...

Hat's geschneit?

Und wie! Siehst Du, es funktioniert.

Sali Svenja,
comment allez-vous? Da wir ja jetzt wissen, was wir nicht wollen, können wir uns auf das konzentrieren, was wir wollen. Spielen!

Ich habe es voll mit Dir genossen – alles! Jede Berührung, jeden Atemzug, Deinen Duft und Deine Beine ... alles abgespeichert. Ich vergesse nichts.
Filaki, Georg

Bonsoir Filaki,
Ich fühle mich wie eine wandelnde Leiche. 2000 Leute wurden rein und raus geschleust und es ist noch nicht vorbei. Die Weihnachtsdekoration steht an. Ich zähle die kleinen Bäume, welche ich geschmückt habe, schon gar nicht mehr. Die letzten zwei 3Meter Christbäume auf der Bühne sind an der Reihe.
Mit der Bockleiter bestiegen wir beidseitig zu zweit die drittoberste Stufe, um die Spitze zu erreichen.
Der Stern ist gesetzt. Das Hochseilgefühl setzt ein.
Wir wiederholen dasselbe auf der linken Bühnenseite.

Hinter dem Vorhang, hinter der Bühne, spielt sich die zehnköpfige Artistenband für morgen ein.
Man spürt das Christkind in der Luft. Es wird gelacht, experimentiert und improvisiert.

Endlich „zu Hause"! Ich habe mir nichts sehnlicher gewünscht, als ein warmes Bad zu nehmen. Normalerweise bade ich nie! Nur wenn ich krank bin.
Doch schon die ganze Woche habe ich Lust auf ein Bad.
Seit gestern ist nun jegliches Dagegenstellen zwecklos.

Die Sexbombe, die Du mir mitgebracht hast, mit der geheimnisvollen Rosenblüte wird getestet.
Das war sooo lustig!
Zuerst hat die Kugel wie eine frisch entsprungene Quelle gesprudelt. Ich sah nur noch rosa.
Und dann bin ich den feuchten Träumen, im wahrsten Sinne des Wortes verfallen.

Mein Mitbewohner ist doch nicht so schlimm.
Seitdem ich ihm folgende Notiz auf den Kühlschrank geschrieben habe: „Bitte tu mir einen Gefallen, ruf Monika an, Tel..... und lade sie zu einem Date ein", ist er viel aushaltbarer.
I just have to make life funny!

Wie verlaufen Deine Ferien?
Bonne nuit
Svenja

P.S.: Der Schnupfen hat eingesetzt...das ist kein Scherz.

Hallo, Du kleines süsses Ding,
die Ferien laufen suboptimal, ich habe oder hätte schon noch viel zu tun. Und Familientage sind nicht mein Ding.

Hat die Bombe eingeschlagen?

Kannst Du mir bitte auch so eine Notiz schreiben? So ein paar Tage die Sinne verwöhnen irgendwo, wo mich keiner kennt.

Ich bin auch ein Notarzt, wenn Du was brauchst, lass es mich wissen.

Filaki,
Du willst Doktor spielen? Hast Du denn ein staatlich anerkanntes Diplom?

Wo Dich niemand kennt?
Georgy-Boy scheint man ja überall zu kennen...!

Merry x-mas!

Sleep with the angels
Svenja

Hello Schneewittchen,
wie war dein Fest? War sicher toll mit Dir.
Bei mir ist die Hälfte der Leute nicht erschienen, infolge eines Missverständnisses.
Heute noch schnell Weihnachten in Bern feiern und dann Ferien.

Einen Tag wollte ich mit meiner Tochter in die Bergen zum Schlitten fahren. Mein Freund Reto ist mit seiner Freundin Klara in Davos. Das wären meine Ferien gewesen. Leider geht das seit neustem nicht mehr.

Trotzdem gehe ich schnell rauf zu ihnen. Reto ist der Ess-Verwöhnfetisch, so was hast Du nur im Gourmettempel gesehen, das darf man sich nicht entgehen lassen.
Willst Du mitkommen?

Weisst Du, ich bin unheimlich berühmt, Du hast mich zum Glück noch nicht erkannt. Nein, nein, ich hab mich nur falsch ausgedrückt, ich will dorthin, wo keiner was von mir will. War wohl im falschen Modus.

Bist Du denn krank? Ich komme Dich gerne pflegen, hab ja sonst nichts zu tun und ich bin um jede warme Stube froh, bei diesen Temperaturen.

Filakia,
Nachtrag: Diplom habe ich keines, aber feine Hände.

Mein kleiner Zwerg,
sogar per Combox kann es Missverständnisse geben? Ich dachte nur per Mail.

Das Fest war ein Desaster, die Bombe ist wieder einmal explodiert. Zum Glück feierten wir Vor-Weihnachten.
Man sollte einfach keine Shows an Weihnachten und Silvester machen.
Die Leute haben zu hohe Erwartungen (an wen?)

Nach dem Hauptgang war mein Hunger gestillt und ich konnte frisch gesegnet nach Hause gehen.

Nun sollte ich eigentlich schon längst in St. Gallen sein...aber ich bin immer noch hier in Zürich. Irgendwas sträubt sich in mir und wenn jetzt nicht Weihnachten wäre, würde ich auf meinen Verstand hören und Richtung Genf fahren.

Davos, fein Essen, lustige Reise, das tönt sehr verlockend...nur löst es in mir die Frage aus „was bringt mir das?"
Ich finde keinen Nutzen für mich. Anstelle eines kalten „Nein", wollte ich es Dir erklären, obwohl Du es wahrscheinlich nicht verstehen wirst.

Bist Du eher berühmt-berüchtigt?

Mein Schnupfen hat sich wieder gelegt. Die Nelkentropfen haben ihn weggehustet.

Bisou, Svenja

Hélas Svenja,
mon petit Egoist!
Hör mir auf mit „bringt mir nichts blabla"! Glaubst Du, ich mache da einen auf dicken Karren und Bonz, der ein kleines Mädchen nach Davos verführen will?
So einen Aufwand für Imponiergehabe und Sex? Da hätte ich mehr Geist von Dir erwartet.
Schade, dieses Angebot hättest Du nicht abschlagen sollen.

It's your choice.
Ja, er wäre berühmt und berüchtigt.
Wenn ich es mir jetzt nochmals überlege, dann hätte ich's mir eigentlich denken können, wie das ankommt..., aber ich habe gedacht, dass gerade DU, liebe Svenja, das richtig verstehst.

Nun gut, spontan gehe ich nach Davos und fahre Blades. Fährst Du Ski? Ich eben nicht, darum lieber mit Dir rauf, essen, lachen, rauchen und wieder runter. Aber ich muss wohl bladen. Danke.

Bei mir wird der Schieber jetzt umgedreht, ich befinde mich auf der Abschussrampe.
Ich weiss zwar noch nicht, wohin genau die Reise geht, aber die Ladung ist bekannt.

Und Du spielst eine Rolle darin, mach die Augen auf und spiel weiter.

Kali nichta
Georg

Lieber Filaki,
Geniess Deinen Flug! Die Landung, das kann ich Dir garantieren, wird weich sein.
Wo/wie ist denn die Ladung?

Meine Leitung ist manchmal etwas länger und vor allem ziemlich verästelt. Bei mir musst Du Dich deutlich ausdrücken, ansonsten werden Deine Aussagen durch alle Kanäle geschleust. Ich will eben alles genau und detailliert wissen. Das Ungeschriebene interessiert mich immer sehr.

Ich liebe den Schnee und die Berge, fahre aber nur noch selten Ski. Ich bin eine brasilianische Skifahrerin, brauche: Pulverschnee, Sonnenschein, frühlingshafte Temperaturen und keine Leute. Also, meine Skiausflüge sind eher selten geworden.
Schlitten fahren finde ich cool! Da hätte ich sogar „meinen" kleinen Fratz (5 Jahre) mitnehmen können. Vielleicht nicht gerade bis nach Davos, jedoch auf den nächsten Hausberg mit Schnee.

Liebe Grüsse, Svenja

Hallo kleine Feine,
danke, ich fliege bereits. Hätte Dir jemand vor zwei Jahren erzählt, dass Du einem durchgeknallten Bodenleger, der mit 4-Liter-V8-Motoren durch die Gegend braust, eine Mandarine in die Hand drückst, ihm irgendetwas von Erdgas erzählst und eine absolut hammerharte E-Mail schreibst, was hättest Du da geantwortet?

Wo die Landung sein wird? Ich denke, im Paradies.
„Sie assen vom Baum der Erkenntnis über Gut und Böse, und wurden aus dem Paradies vertrieben." Schlauer Spruch, kennst Du die Schauspieler?
Adam und Eva.

Lebst Du im Paradies? Ich leider nicht, ich besitze diese Erkenntnis und versuche mit dieser ins Paradies zu gelangen. Paradox, unmöglich! I am searching...

Oh ja, bitte schleuse meine Aussagen durch jeden Kanal, aber sag mir bitte auch, was das Ergebnis ist, da bin ich mal gespannt. Du kennst ja diese übertriebenen Selbsteinschätzungen.

Hier noch kurz das Ungeschriebene eingeschleust: Charmant? Jetzt geht es wieder weiter.
Du fährst Ski wie ich? He he, das wäre natürlich auch eine gute Idee.
Ich habe soeben Reto und Klara betrunken von Ihrer Weihnachtsfeier abgeholt. Die gehen morgen wieder rauf nach Davos, Schneehasen sein.

Weisst Du, was Filaki heisst?

Nein, was heisst Filaki? Ist meine erfundene Bedeutung nicht korrekt?

Ich lebe das Leben in der Realität und versuche es möglichst paradiesisch zu leben.
Dafür bezahle ich einen hohen „Preis".

Svenja
P.S.: Achtung, es gab Ladung und Landung! Gefragt war die Ladung.
Hoher „Preis" = nicht mehr, als ich habe.

Good Morning,
ich möchte Dir gar nicht sagen, was es bedeutet. Denn ich habe mich bereits so an Deine Version gewöhnt.

Ah ja, sorry, die Ladung....

Hast Du Lust auf ein Spiel?

...immer!

Du musst Dich konzentrieren. Und genau beschreiben.
Stell Dir vor, Du hast einen leeren Bilderrahmen vor Dir.
Das einzige, was Du siehst, ist die Wüste.
Kannst Du das sehen?
Jetzt kommt ein Würfel ins Bild.
Beschreib ihn mir, Lage, Grösse, Gefühl, Material, alles was Dir einfällt.....

Sweety, got to go. Will be back, mit dem gefüllten Würfel in a few...
Bisou, Svenja

Wüstenbild

Der Würfel erscheint aus dem Nichts.
Verformt sich automatisch zu rund, nimmt fast den ganzen Platz des Bildes ein.
Der runde Planet beginnt zu strahlen. Ich weiss nicht, ob er gelb, grün oder blau ist.
Die Farbe ist bedeutungslos, so wie auch der tote Sand an Bedeutung verliert.

Die Kugel nimmt mit ihrem Platz eine überdimensionale Bedeutung ein.
Rechts, in der oberen Mitte, klein und unscheinbar, nicht greifbar, jedoch lebendig und überwachend.

Svenja
P.S.: Ich habe mich selbst schlau gemacht, was Filaki bedeutet. Ich muss sagen, die griechische Übersetzung ist nicht schlecht, doch meine ist viel besser. Bin ganz Deiner Meinung, wir sollten die guten Gewohnheiten nicht ändern.

Ok, jetzt stell Dir das Bild vor........ es kommt eine Leiter ins Bild.....
Das Bild ist statisch, vergiss das nicht. Keine Bewegungen.
Was machst Du damit? Und beschreib Sie mir, alt, neu, aus Plastik, morsch, wo ist sie?

Es ist eine Bockleiter. Sie ist weiss, wie mein neuer Duschvorhang, welchen ich heute gekauft habe. Er ist zu lang. Ich muss ihn jetzt richtig zuschneiden und nähen, halleluja...das ist eine meiner Lieblingsbeschäftigungen. Mein Duschvorhang hat mich einfach inspiriert...!

Wo bist Du?? Ich will spielen!!

Ja, da bin ich... Ist ja niemand da...

...Bin auf der Durchreise und gehe gleich wieder weg.

Das ist vielleicht auch besser so!
Just be careful what you say now...

Mein Duschvorhang will nicht, wie ich will...
Mein Bruder ist gerade gegangen...
Auf Männer ist einfach kein Verlass....

Sugar,
wieso denn? Magst Du mich nicht mehr? Oder einfach ein Gefühlausbruch wegen des Duschvorhanges?

Männer sind doch alle scheisse, aber irgendwann triffst Du einen, der nicht so leid ist. Dann besteht ja wieder Hoffnung. Und wenn nicht, auch egal.
Sieh sie Dir nur an, gemeinsam einsam, ne Du, dann lieber mit der eigenen Schizophrenie im Café sitzen und Weltwoche lesen und sich amüsieren.

Bin gerade nach Hause gekommen und freue mich, wenn Du mir wieder geschrieben hast.
Gut, dem Schlaf hilft das nicht, aber die Träume sind süsser geworden. Das sind die Dinge, die das Leben versüssen.

Big Hug
Georg
PS: Du bist, wie erwartet, eine geballte Ladung.
Beschreib mir die Leiter im Bild, wo steht sie? Überragt Sie den Würfel, ist sie morsch usw.

Bonjour!
Alles wegen dieses Duschvorhangs oder wegen meiner eigenen Intelligenz....
Bon, er hängt immer noch, jetzt etwas kurz aber er erfüllt seinen Zweck.

Statt den Stoff zu schneiden und zu nähen, hätte ich auch einfach die Stange hochschieben können...! Ich glaube, das war die Ladung....
Heute Morgen sieht das Leben wieder anders aus.

Muss schon bald auf den Zug. Bin ab heute, bis zum Jahresfinale wieder im Programm.

Zum Wüstenbild:
Die Leiter steht in der Mitte. Immer noch weiss gestrichen. Darunter erkennst Du das mit Astlöchern durchsetzt porige Holz. Die Leiter ist in einem gebrauchten Zustand. Sie überragt die Kugel nicht. Die Spitze der Leiter ist kurz unterhalb der Kugel.

Guten Morgen Svenja,
kannst Du mir schiggen eine Flasche von diese Bier, wo hat so gepriggelt in meine Bauschnabel? Das bedeutet: Mein Kopf tut weh.
Vielleicht habe ich mir auch mein Hirn weggeblasen mit Cypress Hill, Sinnesbereicherung vom Allerhärtesten. Ich freue mich bereits auf die Fahrt nach Davos. Und Filaki geht nicht Skifahren. Alles andere!

Ich muss zugeben, ein bisschen neugierig bin ich schon auf Deine Schwestern, aber Du bist unschlagbar.
So, Komplimente-Modus aus, da wird einem ja übel. Immer dieses testosterongeschwängerte Gesülze!
Kaffeemachen.
Wüstenbild: Ein Pferd kommt ins Bild...
Duschen gehen.

Pferd mit Pippi Langstrumpf?

Das könnte Dir so passen...
Nur Pferd.

Lieber Georgios,
willst Du Dich von mir am Sonntagabend verführen lassen? Oder bist Du dann bereits in Davos?

Mon Filaki,
wie ich sehe oder eben nicht sehe...bist Du bereits über alle sieben Berge.
So schade, ist nicht lustig, wenn ich nicht auf Tastendruck eine Antwort bekomme.
Deinem Gesülze könnte ich stundenlang zuhören. Es fühlt sich an, wie frisch eingeölte Babyhaut, welche nun mit Babypuder versiegelt wird.
Profite bien de tes vacances à Davos et soyez sage comme une image!!
Bisou Svenja

Mon petite sexywexy..
Ich zittere.
Bin gerade zurück aus Davos und bin verführt worden.
Ich könnte Dich stundenlang vollsülzen, und hätte noch Spass dabei. Remember die Sachen, die gratis sind? Mais toujour l'amour...
Hei, verlockendes Angebot. Macht mich kribbelig... But Sunday not works.
Wie wär's mit allen anderen Tagen?
Bonne nuit
Georg
P.S.: Schick mir une image.

Bonjour Filaki!
Dann geht's nur noch heute.
Wir erweitern und verschärfen jedoch unsere Spielregeln!
Bist Du immer noch dabei?

Regel Nr. 3: Keine Gesässbewegungen.
Ich weiss, das tönt jetzt nicht sehr gesund und vor allem Hämorriden fördernd. Deshalb gehört sie nicht zu unseren zwei Grundregeln. Ich wiederhole:

1. Ich esse keine Chemie.
2. Stock & Zylinder, statt Plastik.

Hunger musst Du keinen mitbringen oder besser auf später verschieben.
Dein 4-Liter-V8 ist herzlich willkommen.
Wann, wie, wo, was kann ich Dir erst heute Nachmittag sagen.
Also, Du kannst es Dir noch in aller Ruhe überlegen.
Svenja

Hoi Alice,
mir kommt das gerade recht. Da bin ich ja froh, dass mein Gesäss mal Ruhe hat. Obwohl die Bewegung das Salz in der Suppe ist.
Gut, ich habe auch schon bessere Tage erlebt. Ich gehe jetzt Frühstücken mit Freunden, welche ich gestern um 2 Uhr verabschiedet habe. Wieso tue ich das wieder? Bin saumässig müde.
Bis später
Sigmund

Und P.S.: Haben wir schon eine Uhrzeit?

Nach dem 3. Date
Bonjour, bonjour, bonjour mon amour.....ditididiti....
Georg

Jetzt weiss ich wieder, wie schön es war, mit 17 Jahr...!
Bisou
Svenja

Sali, sali, Sali,
wie schön es war mit 17 Jahr? Wie schön war das denn?

Kindlich, verspielt et toujours chaud.
Weisst Du was? ...Autofahren mit Dir ist einfach geil!

Danke.
Ein Lob? Für mich? Oder die Karre, die so dekadent ist?
Geht runter wie Öl. Egal wo.
Heute ging es recht gut bis 19 Uhr, dann war langsam aus die Maus.
Alles klar zwischen Deinen Beinen?

Filaki,
nichts ist mehr klar. Grippe ist im Anmarsch. Morgen wird sich herausstellen, wer stärker war, meine Nelkentropfen oder der Virus.

Puh, zum Glück haben wir nicht rumgeknutscht, sonst krieg ich's auch.

Um ein Haar hätte ich dieses E-Mail meinem Freund gesendet, konnte gerade noch die Antenne rausnehmen, es war noch da.

Musste ganz dringend was aufschreiben und hatte es auf Dein Antwortmail geschrieben. In der Blödheit dann auch gleich weitergeschrieben und gesendet.

Bist Du im Spiel?
Wo bleiben meine E-Mails?

Guten Morgen, ich hoffe Du schläfst noch?

Bonjour!
Just woke up und fühle mich scheisse.
How is life treating you?

Salut, das glaub ich Dir, hast wohl auch nicht viel geschlafen?

31. Dezember 2013

Ich war leider bereits um neun wach, dafür mit Halskehre....
3 E-Mails geschrieben und ein riesen Durcheinander vollbracht!
Was machst Du eigentlich heute? Nur interessehalber....

Arbeiten, um Mitternacht ein Glas Champagner trinken und dann nach Hause gehen.
How about you?

18:30 Uhr bei Pascal einfahren, Cypress-Hill-CD einlegen. Pascal und Sohn, Reto und Karla und ich werden dann mit homeboyanischen Handbewegungen, die Cedric in Davos einstudiert hat, brillieren.
Nachher wollen Reto und Karla mit mir in die Stadt sich den Arsch abfrieren. Ich versuche dem zu entgehen (what the fuck bringt mir denn das?), anschliessend mit Kotzwomanizerpsycho Christoph und Thaischnittensteher Enrique um die Häuser ziehen.
Das bringt auch nichts, aber ist lustig.

Eigentlich wollte ich Dich noch küssen dieses Jahr, wird das schwierig?

....Küssen, noch in diesem Jahr? Du hast Nerven.
Ich glaube, diesen Wunsch werden wir uns für ein anderes Jahr aufbewahren.

Du, ich glaub ich weiss jetzt, was an den Spaghetti, die ich für dich gekocht habe, nicht so gut war, das neue Olivenöl, welches direkt aus Spanien importiert ist. Nun gut, ist ja

auch egal, ich getrau mich sowieso nicht mehr, ein zweites Mal für Dich zu kochen.
Bisou, Svenja

Alles Gute und einen zünftigen Rutsch. Dann küss ich eben niemanden mehr in diesem Jahr.
Letztes Filaki für dieses Jahr.
Georg

Wohin offerierst Du mir Dein letztes Filaki für dieses Jahr?

Auf die Innenseite deiner Oberschenkel und zwar ganz fein!

Das war der schönste Neujahrskuss!
Ich habe soeben die Tombola-Preisverleihung hinter mir, die Stimmung ist gut, die Gäste amüsieren sich, immer weniger Stoff sitzt auf den Körpern, der DJ gibt vollgas....
So it's time for me to go home...
Happy new year!
Yours Svenja

Happy Hippo,
wie geht's Deiner Grippe? Alles vernelkt oder doch eine Giftkeule namens Neocitran nehmen?
Komme gerade vom Ausgang nach Hause, essen bei Pascal, dann City mit Reto und Karla (ich gehe ja aus Prinzip nie mit Paaren aus, aber ich glaube die zwei wollen mich noch adoptieren) und dann Disco P1. Da kennen wir

natürlich den Barmann, den Türsteher. Nach einer Stunde war dann Schluss und die Gemüter waren erhitzt. Wäre mal ne geile Schlägerei gewesen, zwei besoffene Kickboxer in der Disco, uhhhhhh..........
Nun im neuen Jahr angekommen.... Juhe! Guter Vorsatz, nein, aber ganz spontan spiele ich jetzt Tennis mit Reto. Hochseriös mit Lehrer am Anfang. Und dann Grand Slam usw. Federer wird nervös, die Tenniswelt wird wieder durch Schweizer dominiert.
Jetzt muss ich wohl auch ins Bett.
Sweet kiss
Georg

Bonjour Filaki,
das Trio scheint ja ganz gut zu harmonieren....why not? Oder können sie sich ausserhalb der Bettkannte nicht zu zweit unterhalten?
Tennis mit Reto, wenn das nur gut kommt...
Grippe ist präsenter denn je. Ich glaube, meine gestrige Taxi-nach-Hause-Aktion war nicht die beste. (Es gab keine Taxis... brrrr....) Neocitran kannst Du gleich vergessen. Ich bräuchte einen Rum-Zaubertrank, Fervex, Nelken-Tropfen, Origanum, Majoran.
Sobald wie irgendwie möglich fahre ich nach Hause.
Wenigstens hat mir Dein harter Schwanz an meinem geilen Arsch bereits einige verstopfte Poren wieder geöffnet.
Bisou
Svenja

Salut ma belle,
gute Frage, aber ich glaube schon, dass Reto nach hunderten von Dates eine nimmt, mit der er sprechen kann. Klar kommt das gut, wir waren letztes Jahr ein paar Mal Tennis spielen.
Lustigerweise könnte ich mir gut vorstellen, mit Dir ne Grippe im Bett zu verbringen (tut man wohl nur mit Kater und ohne Grippe).
Die Frage ist nicht, was wir tun, sondern wie gut das wird.
Und wenn ich morgens mit meinem harten Schwanz aufwache und an Dich denke, dann kann das kein schlechtes Zeichen sein.
Gute Nacht
Georg

Wie gut wird das denn? Ich muss gerade an die Spaghetti denken und lachen!
Wie geht's Deinem Kater?

Recht gut, glaub ich.
Ich darf nicht daran denken, sonst muss ich katern!
Geht gut sonst. Und Dir?

Zwei Träumer, die versuchen in der realen Welt gemeinsam zu träumen? Das gibt einen Alptraum.
Ich katere nicht, bin jedoch diesem lähmenden Schlaf verfallen. Links und rechts türmen sich Kleenex.
Am liebsten würde ich mich nach Genf beamen. Denn ich habe keine Lust, meinem Feind, der Kälte, zu begegnen.
Svenja

Gute Besserung!
Ich komme gerade von einer Kleenex-Invasion von Hanna, aber sie macht's nur zum Spass.

Wieso denn zwei Träumer, ich träume nur morgens im Bett. Kiffer träumen nicht. Somit kann das Bewusstsein am Morgen nicht wissen, was geträumt wurde. Infolge dessen meint das Unterbewusstsein, das alles real erlebt wurde, da es nicht unterscheiden kann zwischen real und irreal.
Vergiss die Albträume. Wir sind definitiv zu alt. Darum jetzt den Schieber runter.
Bedank Dich beim Universum für die Grippe. Das gibt Zeit, sich zu sammeln und nachdenken. Und sende Deine neuen Wünsche ins Universum. Du solltest da keine Probleme haben.
tschortsch
Wenn wir ein Spiel spielen würden......bei dem der Gewinner... ...eine Minute... mit dem Verlierer machen könnte, was er wollte, und dieser sich in keinster Weise widersetzen dürfte..... Würdest Du da mitspielen?

Da ich ein gehorsames Mädchen bin, befolge ich sofort Deine Anweisungen. Die Wünsche sind gesendet.
Da meine Muschi seit einiger Zeit 24/7 feucht und überglücklich ist, habe ich das Universum völlig vergessen.

Ich bin eine gute Spielerin, natürlich würde ich mitspielen.
(falls es unsere Basic-Spielregeln nicht verletzen würde)

Seit einiger Zeit 24/7? Ist das der Code deiner Kleinen?

Es gibt verschiedene.

Ich kenne alle, ausser 24/7.

Eigenartig... bis jetzt hast Du nur bei 24/7 mitgewirkt.

Und wenn ich nur eine ganz kleine Pore deiner Vagina geöffnet habe, dann ist mir 24/7 völlig egal. Hilf mir!

Also Gummiboot, Chemielabor und OP-Saal sind definitiv keine Aufenthaltsorte für uns. Andere, falls noch vorhanden, ignoriere ich einfach. Gut, jetzt muss ein Spiel her, irgendeine Idee?

Wie funktioniert denn das Minutenspiel?
2h spielen und nur 1 Minute darf ich machen, was ich will?

Du musst Dir keine Sorgen machen, Du wirst Dich nur hingeben müssen......

Da bin ich ja beruhigt, eine Sorge weniger....
Was machst Du denn während einer Minute mit mir?
Eine Minute klingt so kurz. Unter 60 Sekunden könnte ich mir schon mehr vorstellen....

6000 Millisekunden Genuss für deine Nervenzellen. Was Du damit machst, liegt bei Dir. Aber mach's gut, dann bin ich es auch.

Coucou!
24/7 = twenty four/seven = 24h, sieben Tage die Woche.

Die verstopften Poren am ganzen Körper wurden geöffnet.
Nun wurde ich durchgelasert und bin wieder auf dem besten Weg zur Topform.
Ich bin diese Tage im Offline-Modus, da ich keinen Internet Empfang habe.
Bisou, Svenja

Uela mon petit souri,
aha, ich nimm es als Kompliment – „mir selbst auf die Schulter klopf". Und wir haben doch noch gar nichts Schlimmes getan. Hei Landei, Dickkopf usw. Ist mir eigentlich schnuppe, ich find Dich geil, Du bist ein Unikat. Ich habe gar keine Vorstellungen und versteifen tu ich mich ja eh nicht. Stay cool, ich tu Dir nichts, sagte die Katze zur Maus.
Hei, schau, dass das Internet funkt. Ich hab mich doch bereits an die Mailerei mit Dir gewöhnt.
Filaki
Georg

Salut Georgette (dieser Name ist mir heute über den Weg gelaufen und sitzt Dir natürlich wieder wie angegossen. Deshalb kann ich es mir nicht verkneifen, den Filaki zu erweitern.),
zum Glück bin ich gern und oft in der Bibliothek bei mir um die Ecke. Denn die haben sogar Internet.
How are you? Immer noch am Klopfen?

Heute ist 2014-Champagner-Begiessung bei David. Gleichzeitig weihen wir seine neuste Eroberung (die Wohnung) ein.
Morgen Golden-Girls-Neujahrstreffen in Zürich.
Und ich freue mich schon sehr, Dich zu sehen.
Bisou

Ja genau! Mach doch mal, komm doch mal, tu doch mal und küss mich mal!
Kussulares total infernales
Georg

Hei kleine Feine,
nachdem heute der elfte Anruf auf der Combox gelandet ist, musste ich wohl oder übel abhören. Da hat mir doch tatsächlich eine kleine Amischnitze aufs Band geträllert. Und ich hab's mir noch gedacht, dass Du das bist am 31.12.2013, als eine Combox-SMS kam. Wer zum Teufel würde mir sonst noch ein frohes neues Jahr wünschen?
Danke und schade, dass ich's nicht gleich abgehört habe, dann hätte ich mir gleich noch einen Kuss geholt, statt mit Paaren im Trio zu stolpern.
Filaki
Georg

Hallo Kleine,
also das Telefonat von vorher war ja wieder geilometer!

Da trifft man einmal so eine wie Dich, und ich weiss, wie viele es davon gibt, Macho-Modus nur kurz eingeschaltet, und dann das. Nun gut es ist, so wie's ist. Ich bin ja bereits so weise, dass ich sogar das verstehe, und ich versteh es wirklich. Ich werd's auch überleben, aber mit Dir wäre ich ins Bett gestiegen. Klingt billig, aber ich steige tatsächlich nicht mit jeder ins Bett. Klingt wirklich scheisse, ich geb's zu. Ich bin eine Obertussiprüdebitch oder so.

Aber wieso mir? Ich weiss ja auch, wie's so ist mit Männern und Frauen, also, wieso mir? Steh ich bereits so weit ab von den Geleisen, dass mich gar niemand mehr will? Nein, das würde nicht zu dem Rest passen. Der Rest ist aber der Rest. Ich bin nicht gewillt, mich mit dem, was man so haben kann, zu begnügen. Es macht mich auch nicht sonderlich an, an der Leine herumgeführt zu werden.

Darum gratuliere ich Dir von ganzem Herzen, und ja, auch ich habe etwas für Dich. Ich werde Dich nicht mit mir schlafen lassen. Aber ich kann's mir nicht verkneifen, Dir zu sagen, dass sich noch keine beschwert hat, ganz im Gegenteil, wenn die Chemie stimmt, ist es völlig egal, was man tut. Völlig egal. Gut, mag sein, das kommt nicht häufig vor, aber wenn's kommt und man lässt es gehen, dann ist es eben scheisse. Und das Gefühl hab ich. Nicht wegen des Akts, dafür bin ich zu wenig drin gewesen. Auch nicht wegen meines Egos, ich steh bereits über meinem Ego, Schopenhauer lässt grüssen.
Ich finde es nur. Aber ich bin doch am Lachen und Schmunzeln über das Spiel und die Regeln... lass uns einen Film schauen.

SAW 1, und wenn nötig noch SAW 2. Das ist eine Art Sex in einem anderen Bereich. Es ist auch ein Spiel.
Wenn man sich nicht lieben kann, dann muss man Filme schauen können.

Weisst Du, dies kam alles nur, weil ich alle mit dem Auto genervt habe und meine Kollegen mich schliesslich an die Automesse geschleppt haben, damit ich Ruhe gebe. Und dann kommt die Öko-Tussi mit einer Mandarine und erzählt mir wirres Zeug über Früchteschalen und Erdgas.
Bonne vacances
Schorschina

Dear Georgios,
war das jetzt Picasso in Buchstaben-Form?
Ich glaube, ich brauche einen Duden oder eine Übersetzungshilfe!
Das Telefongespräch war so amüsant, dass ich mich gar nicht mehr vom Hörer trennen wollte. La suite des Abends; völlig langweilig und mühsam anstrengend.

Nun triffst Du ein „Einzelstück" (nicht kopierbar), „Und dann das" – das klingt ja nach einer Natur-Katastrophe. Du überlebst allerdings das Erdbeben, bevor es überhaupt gebebt hat.

Wie ist es denn so mit Männern und Frauen? Ich glaube, Du hast da mehr Erfahrung als ich.
Was ist denn der Rest?
Auf welcher Schiene fährst Du?
Von welcher Leine wirst Du geführt?
Für was gratulierst Du mir?
An Deinem guten Ruf zweifle ich nicht eine Sekunde!
Nimm bitte meine Schwanz-Antipathie nicht persönlich.
Aber da Du mich nicht einmal an Deiner Seite schlafen lässt, scheint das ja kein Thema mehr zu sein.

Zum Glück stimmt ja die Chemie und es ist völlig egal, was wir tun.

Ich will das Minutenspiel!
Bisous, Svenja

Guten Morgen Svenja,
Meine Antworten findest Du *kursiv geschrieben* unten.

„Das Telefongespräch war so amüsant, dass ich mich gar nicht mehr vom Hörer trennen wollte. La suite des Abends; völlig langweilig und mühsam anstrengend.
" Du hast entgegen Deinem Ego die Augen zu und durch gemacht? Chapeau.

„Nun triffst Du ein ‚Einzelstück' (nicht kopierbar), und dann das'." – das klingt ja nach einer Naturkatastrophe.
Das ist eine kleine interne Naturkatastrophe für mich.

Du überlebst allerdings das Erdbeben, bevor es überhaupt gebebt hat....
Beben und Antipathie, passt für mich nicht zusammen.

„Wie ist es denn so mit Männern und Frauen? Ich glaube, Du hast da mehr Erfahrung als ich."
Ich habe genug, um zu wissen, dass Liebe machen zu den schönsten Dingen dieser Welt gehört.

„Was ist denn der Rest?"
Der Rest sind die anderen, die keine Antipathien zu pflegen wissen.

«Auf welcher Schiene fährst denn Du?»
Auf einer ziemlich geilen, ich muss nur ein wenig bremsen zwischendurch, sonst glühen die Geleise.

„Von welcher Leine wirst Du geführt?"
Das willst Du nicht wissen.

„Für was gratulierst Du mir?"
Ironisch, für deine Beischlafverweigerung.

„An Deinem guten Ruf zweifle ich nicht eine Sekunde!"
Du hättest meine Verführer Qualitäten in Erfahrung bringen müssen.
„Nimm bitte meine Schwanz-Antipathie nicht persönlich."
Bereits passiert.

„Aber da Du mich nicht einmal an deiner Seite schlafen lässt, scheint das ja kein Thema mehr zu sein."
Du schläfst bereits auf einer Seite. Wenn ich mir eine Affäre zulege, dann spiele ich gerne Teddybär mit Dir.

„Zum Glück stimmt ja die Chemie und es ist völlig egal, was wir tun."
Völlig egal.

„Ich will das Minutenspiel!"
Das spielen wir erst, wenn ich eine Affäre habe und wir die gleichen Voraussetzungen haben. Ansonsten sind solche Spiele gefährlich, nicht nur für Dich.

Wie lange, glaubst Du, muss ich mich gedulden?
Gar nicht, nur genau lesen...

Hei Svenja,
hab heute mit Hanna gedatet. Sehen wir uns heute Abend oder Mittwoch oder wie oder was?

Let's meet tonight?

Heute geht nichts mehr, bin todmüde.

Wie war Dein Date mit Hanna?
Wie immer, wunderschön.

Lieber Georgios,
ich erlebe Hochseilgefühle, die mich manchmal fast platzen lassen!
Ich liebe sie! Sie beflügeln mich.
Ich hasse sie, sie machen mich fast ohnmächtig.
Nun kommt wieder mein nüchterner Charme zum Einsatz.
Es gibt jetzt drei Wegweiser:

1. Magic
I have to be sure that you're clean, than you'll need a little bit of magic and then we will see.
Ist mit Kosten- und Zeitaufwand verbunden. Für mich wäre es ein sehr interessantes Experiment, da ich nicht sagen kann, was genau passieren wird.
Wenn's passt, dann gibt es keine Worte zum Beschreiben, Himmel auf Erden (nicht geeignet für ordinäre Menschen).

2. Spiel
Wir spielen weiter, wie bisher oder noch besser. Die Spielregeln werden sich nicht ändern.

Zeit- und Kostenaufwand up to us. Spass und eine feuchte Vagina sind garantiert.

3. Stop
You're fed up by now and we stop.
Eine Leere würde eintreten. Ich möchte nicht, dass Du Deine kostbare Zeit verschwendest.
Liebe Grüsse, Svenja

Du, ich glaube ich verstehe Magic nicht. What means clean?
Deine Hinweise zur Nutzwertanalyse sind wie immer goldig.
Ich gehöre aber der Spezies ordinär und versaut an. Nicht niveaulos, aber bei der Liebe ist alles erlaubt, was Spass macht.
Nr. 1 ist vermutlich der Oberhammer.
Aber Nr. 2, mit feuchter Vagina Spass haben, macht mich wesentlich mehr an.
Ich rätsle...

Dear Georg,
die SMS bezieht sich auf Wahl 1 und bedeutet, aus Spiel wird ernst.
Jedoch unmöglich auf ordinärem Weg.
Clean = rein
Magic = musst Du erst selbst erleben, damit Du es verstehen kannst

Svenja
P.S.: Eine exotischere Mandarine hättest Du Dir echt nicht aussuchen können!

Liebe Svenja,
Du lässt mir nicht wirklich eine Wahl.
Ist eins nicht berühmt und berüchtigt? Das löst in mir Gefühle aus wie: die Spannung ist weg, jetzt wird's ernst, Beklemmung herrscht. No prikel in bauschnabel.

Ich bin sehr gespannt auf Dich. Ich müsste Magic wählen, aber verbrennt man sich da nicht die Finger?
Was verstehst Du unter ordinär?
Le filou

Georgette,
Du bist auf der falschen Fährte.
Magic liegt in der entgegengesetzten Richtung von Heirat oder was immer Du auch denkst.
Du musst grösser denken...Universum, no limits, sehr gefährlich und man kann sich unheimlich die Finger verbrennen.
ordinär = Angsthasen. Ich bin auch ein Angsthase, jedoch ein sehr neugieriger.
ordinär = unanständig, alltäglich...
Ich lass Dir voll die Wahl, lass dich nicht beeinflussen!

Georg: Ich nehme die rote Pille und will in die Matrix.

Svenja: Matrix 1 oder 2? Mit Pillen läuft da gar nichts!

Georg: War nicht wörtlich gemeint, Du musst grösser denken, Schlüsselszene im Film Matrix. Hast Du den Film überhaupt gesehen?
Svenja hallo, ich nehme keine Pillen.
Aber 1.

Lieber Georgios,
ok. Magic. Deine Wahl überrascht mich. Ich werde Dich etwas besser darüber aufklären. Und dann schauen wir weiter.
Ich habe den Film gesehen und er hat mir sogar gefallen. Dessen Wichtigkeit hält sich, wie ich jetzt jedoch entschlüsseln kann, sehr in Grenzen.
Bisou

Liebe Svenja,
oh ich bitte darum, aber keine Sekten oder so.
Goodnightkiss
Georg

Kennst Du eine Sekte, die meine Ansichten unterstützen würde?

Hallo Sie, hallo, Sie schlafen doch nicht mehr? Oder doch? Du, ich bin für das nächste Abenteuer zu haben. Mittwoch?
Filaki

Bonjour Goergette!
Ich bin wieder im Büro. Und es hat so ungewohnt viel Platz hier.
Ok, Mittwoch ist gebucht.
Bisou Svenja

Heilige Maria!
Ich komme nicht auf Touren heute, jetzt ist es elf, ich fühl mich normalerweise nicht mal morgens um 6.00 Uhr so schlecht.
Einer meiner Mitarbeiter macht einen auf Blau, ich glaub ich muss ihn rauswerfen. Das würde gut zur Tagesstimmung passen.
Ich mag Deine feuchte Vagina.
You have to work?
Georg

No, my dear, aber ich muss so tun als ob.
Bisou

Es bahnt sich eine Welle an...ich sehe sie kommen...Mein Brett hat sich verzogen, ich kann sie nicht voll nutzen...ich nehme sie trotzdem.
Ihhhhhhhhhhhhaaaaaaaaaaaaaaaaaaaaaaaaaaaaaaaa!

Sollte ich das verstehen?

Nö, aber Du kannst Dich freuen, dass ein Mail kommt.
Filaki

...und wie ich mich freue!
Ich war gerade bei meiner Oma. I just love her! Sie wollte mir gleich das Pyjama überziehen. Gemütliches Tee-Ritual, sie erzählt mir aus ihrem früheren Leben.
Nicht zu vergessen die Fotos, die mit der Geschichte gehen.

Georg: Bis morgen, meine Süsse...

Svenja: Mach dich aufs Schlimmste gefasst!

Liebe Svenja
TAG X, hallo, guten Morgen.
Wieso? Wir waren doch schon im Kino!
Kochst Du? Oder gibt's einen neuen Wein?
Was tun wir? Soll ich Dich im Büro abholen?
Gruss Kuss Georg

Coucou,
das wäre super! Holst Du mich um 18.00 Uhr ab?
Ich esse gerade eine Mandarine..........mhhhhhhhhhhhhhh!

Das hab ich mir schon gedacht.....
Also Sex Uhr bei Dir im Büro.
Muss ich noch was wissen, oder willst Du mir noch was sagen?
Ich wüsste, was Du mit der Schale tun könntest!

Was könnte ich denn mit ihr tun?
Willst Du mir vielleicht noch was sagen?

Du könntest sie einem Ökofutzi in den Tank stecken.
Oder deine Haut damit einreiben.
Was soll ich denn dazu noch sagen?
Halleluja. Ich hatte gestern drei Orgasmen.

Tja, also bis Du mit mir mithalten kannst, muss noch einiges passieren...

Das war gestern... Wenn ich jede Gefühlschwankung (wie bei Frauen) als multiplen Orgasmus zähle, dann bin ich auch mit 20 am Start... Aber als Mann bin ich gut dabei, ohne Zahlen beim Namen zu nennen.
Lieber zwei gute als zwanzig durchschnittliche!

Georgyboy!
Ich will Deinen Schwanz spüren!
Svenja

Es kribbelt bereits...

Träum süss weiter.
Er ist hart...

Georgios, bitte treib mich zum Wahnsinn!
Svenja

Darauf kannst Du Gift nehmen!

Am nächsten Morgen nach dem Treffen...

Georgyboy,
How was your day? Meiner ziemlich undefinierbar...
Am Mittag sagt eine Arbeitskollegin: „Was ist denn mit dir heute los? Schade, dass ich meine Kamera nicht dabei habe, aber dich müsste man heute einfach filmen."
Bis zum Abend konnte sie sich nicht erholen........ Ich habe keine Ahnung wieso........!!
Svenja

My day was a catastrophe.
Ich bin um vier Uhr ins Bett, unglaublich!
Um neun ging's wieder los, ich sehe so scheisse aus, ich hätte schlafen sollen.
Vermutlich ist Deine Vagina im Dauerdelirium, und das strahlt nach Aussen.

Wenn Du mich anziehen könntest, was würdest Du Dir aussuchen?

Georg: Was ist alles zu haben?

Svenja: Es gibt keine Leitplanken, Du kannst voll losschlitteln.

Ich will Dich ausziehen.
Deine Brüste anfassen, meinen Schwanz an Dich pressen und Dich küssen. Deinen String ausziehen und zwischen Deine heissen und nassen Oberschenkel fassen.
Deine Klitoris drücken, und ganz langsam bohrt sich ein Finger in deine Vagina. Du bewegst Dein Becken, Du kannst nicht mehr ruhig sitzen, Du wirst immer feuchter, Du hörst auf zu denken.
Deine Lust ist so stark, Du vergisst, wer Du bist, dein Blick ist Sex, Dein Atem ist angespannt. Ich will mit Dir schlafen.

Baustelle anschauen, falsches Parkett verlegt. Zum Glück bin ich immer noch nicht ganz nüchtern. Scheisstag bahnt sich an.
Der Tag wird immer schlimmer.
Freundliche Grüsse
Georgios

Infarkt
Jetzt hat soeben eine Kundin angerufen und gesagt:
„Bis März bist Du ausgebucht." Ich habe x Läden zu machen.
Super, ich war doch schon ausgebucht.
Gleich einen neuen Mitarbeiter einstellen...

Also, dass man so einen nicht im Bett haben möchte, kann ich nicht verstehen:
Hast Du gelesen? Er freut sich mit Ausrufezeichen.

«Hallo Herr Georgios,
vielen Dank für die kompetente und ehrliche Beratung!
Ich werde noch über die Sache schlafen, bin aber sehr zuversichtlich. Ich würde mich freuen, wenn es mit dem Zementboden klappen würde.
Ich freue mich, von Ihnen zu hören!
Freundliche Grüsse
Hans Meier»

Probierst Du ein neues Marketing-Konzept aus??
P.S.: Ich gebe Dir sogar zwei Ausrufezeichen und zwei Fragezeichen.

Aber kein warmes Bett....

Das ist mir einfach zu wenig...!

Zu wenig?! Ich glaub eher zu viel. Wenn das noch einer versteht? Du, Du solltest netter zu mir sein, da mir eingefallen ist, dass ich ein Geschenk für Dich habe.
Das könnte Dir gut stehen.

Georgyboy,
ich liebe Geschenke, nur ist es ziemlich schwierig, mich zu beglücken.
Für das Nettsein kann ich nicht viel, der Schall wiederhallt.
Was könnte mir denn gut stehen? Meine Neugierde ist grenzenlos.
Bin zurück im Hotel, eigentlich ist ein Dinner geplant, um den neuen Tour-Direktor kennen zu lernen. Mit viel Blablabla. Wahrscheinlich würden mir die Augen bereits nach dem ersten Schluck Mineralwasser zufallen und in diesem eng bestuhlten Restaurant bekäme ich gleich einen Klaustrophobie-Anfall.
Also, das bringt mir echt nichts.

Meine Venus hat sich diese Woche etwas beruhigt und nimmt alles etwas cooler. Ich weiss auch nicht wieso, die ist im stetigen Wandel, ein echtes Phänomen.

How are you doing, my dear?
Erzähl mir wieder einmal was Spannendes.
Kiss Svenja

Mon Amour,
Du bist gerade mein Aufsteller. Ich denk an Dich, stell mir vor, wie wir zusammen lachen und Wein trinken.

Meine Welle hat sich auch etwas gelegt. Die Gefühle von 2013 kommen wieder auf. Ich mache gerade Terminplanung, also mehr auspendeln der Kapazitätsgrenze. Ich muss morgen selbst Parkett verlegen (mit Turbogeilheitfunktion versteht sich) und schauen, dass es so läuft, wie sich das mein krankes Hirn vorstellt. Es geht wieder los.

Pusche mich mit Regaton (das ist Musik, Sex pur, absolut der Hammer) auf, versuche alles im Rahmen zu halten. Eigentlich wäre die nächste Welle schon parat. Ich nehme sie mit Dir.
Du, mit dem Geschenk, ich werde es verkraften, geht mir auch so. Wir werden sehen, aber es ist bis zum Schluss nicht immer alles so, wie man zu denken meint.
Good night
Georg

Die Blutströmungen, welche mich gestern in den Schlaf gewiegt haben, haben mich heute Morgen wieder aufgeweckt.
Bisou, Svenja

Hat das was mit mir zu tun?
Der eine macht das falsche Parkett rein, der andere ist in Solothurn und hat keine Sockel dabei, der Beste fängt jetzt auch noch an und macht den Boden zu wenig schwarz. Zwei Tage verschwendet. Meine Nerven!

Und jetzt zu Dir, aaaaaaaaaaaahhhhhhhh, ich glaub ich spinne langsam, ich bin angefixt von Dir oder schon leicht abhängig oder so. Und ich weiss gar nicht, warum, nein, ich weiss genau, warum.
Heute hätte ich meinem lieben Vater gleich morgens an die Gurgel springen können, aber ich war nett, hab mich beim Universum bedankt, auch für all die Sch..., und hab's selbst gemacht, bin zwar immer noch dran, aber egal.
Kussalar

Good morning!!
Congratulation zu deinem Herzinfarkt! Mann gefunden?
Eigentlich hab ich ja gar keine Zeit, Dir zu schreiben, aber so ist das Junkie-Leben, immer wieder auf Entzug.
Ein hauchdünner Kuss auf deine Lippen.
Svenja

Salut ma belle,
Ka ta str o phe!
Bis jetzt noch keinen, aber der Mitarbeiter, von dem ich letztens schon gesprochen habe, fliegt jetzt doch raus, glaub ich zumindest. Mal schauen, was er mir zu erzählen weiss, in einer Stunde.
Wem sagst Du das, ich hab zum ganzen Schlamassel auch kein Gras mehr.
Ich hätte am Samstag und Sonntag nichts zu tun, wann könnte ich Dich küssen?

Wie lange würde ich Dich denn küssen und würde ich dann ein Taxi nach Hause nehmen?
Filaki, Georg

Filaki, morgen Abend, 20.00 Uhr darfst Du mich küssen.
Ja, du würdest dann ein Taxi nach Hause nehmen.
Bern ist wunderschön!
Svenja

Du würdest mich nicht mal als Ölsardine neben Dir dulden? Ich muss schauen, wie das geht. Gib mir was, was mir was bringt, ich will nicht den ganzen Tag im Auto sitzen.

Ölsardine ist mir zu gefährlich. Wenn ich nur schon daran denke, beginnt der Vulkan zu brodeln.
Georgios, ich bin ein fürchterlicher Angsthase.

Ich bin gerade nach Hause gekommen und musste 5 neue Nachrichten durchhören, bis ich zu Dir kam. Das war eine anstrengende Woche, du heilige Maria.
Du bist ein Angsthase, ach ja, erzähl mal.

Lieber Georgios,
ob es Dir was bringt, musst du selbst entscheiden. Ich würde mich auf jeden Fall sehr freuen.

Bern

Georgios war in Bern...
Bonjour Georgios,
how was your trip back home?
Weisst Du, ich kann es mir besser vorstellen, als Du denkst, mit Dir im Bett zu liegen und zu spielen. Die Versuchung ist immer präsent. Nur ist es viel zu einfach, einfach so zu hüpfen. Zudem vertrage ich weder Plastik noch Chemie.
Faire l'amour von Kopf bis Fuss ist das Schönste auf der Welt.
Im Moment gäbe es „Spaghetti"...! Nichts Befriedigendes.
Ordinäres Bumsen genügt mir nicht mehr. Danach folgt schlagartig diese Leere, ein Loch.
Ich mache mir zu viele Gedanken:
Was kommt jetzt? Es wird plötzlich sehr unnatürlich und verkrampft.

Als Vorführ-Modell bin ich sehr ungeeignet.
Müssen wir uns dann plötzlich öfters sehen?
Nein, wir müssen gar nichts. Jedoch würde ich diese Veränderung nicht aushalten und wahrscheinlich den „Delete-Knopf" drücken.
Ich könnte stundenlang mit Dir sein und Dein verschmitztes Lachen erforschen.
Es macht Dich unwiderstehlich! Und Deine schnelle, spitze Zunge ist das Tüpfelchen auf dem ersten i (von unwiderstehlich).
I've enjoyed myself very much yesterday.
Thank you.
Svenja

Hei Pony aus Bern,
die Fahrt war traurig, vermutlich weil ich mit einem Fragezeichen nach Hause gefahren bin. War wieder lustig, Wein zu trinken mit Dir.
Weisst Du, mag sein, dass die Leere kommt, muss ja auch mal sein, aber so kommt die Leere auch, weil die Spannung sich in viel Blabla verwandelt.
Die Zunge mag das Tüpfelchen auf dem i sein, aber was passiert wohl, wenn ich sie mal richtig brauche? Das kann ich übrigens nicht, weil ich dann viel zu scharf werde und dann ist das nicht mehr sooo lustig, wenigstens für mich.

Von Bumsen redest übrigens nur Du, schon gemerkt?
Svenja, hör auf zu denken. Spül deine Gedanken runter.
Just relax.
Geniess die Sonne,
Georg

Stimmt, Du redest von Ficken.
Was ist denn dein Fragezeichen?
Ok, ich spüle.
Svenja

Was hast Du gespült? Mich oder deine Gedanken.
Vielleicht ist etwas Sand im Getriebe.
Ficken: Ich werde nichts mehr in die Richtung sagen. Ist ein Kreisdreher.
Georg

Hallo Genferin,
hatte gestern einen very bad day, man hat's wohl gemerkt.
Die Aussichten für heute bleiben düster. Hoffentlich scheint die Sonne.
Geniess die Sonne! Wie gern wäre ich jetzt mit Dir in so einem Café in den Bergen, die Sonne im Gesicht, dein Lächeln, das ich schon nicht mehr genau kenne.
War geil in Bern, Kornhauskeller ist geil, wir hätten gleich dort essen sollen!
Die Sonne küsst Dich fest.
Gruss, Corona

Lieber Georgios,
ich bin nicht beziehungsgestört, sondern beziehungsunfähig! Dafür kann ich spielen!
How are you doing? Ist die Grippe weg?
Bisou

Unter der Dusche

Ich streife meinen Pullover ab.
Ziehe meinen Rock aus.
Meine Stiefel.
Meine Strumpfhosen.
Meinen schwarzen Body.
Meinen schwarzen BH.
Drehe den Duschhahn auf heiss, bis der Dampf das Badezimmer einnebelt.
Meine Brüste erwarten gespannt die ersten Wasserspritzer.
Das Wasser ist zu heiss.
Meine Brüste sind empfindlich.
Ich seife meine Brüste ein, von unten nach oben massierend.
Sie passen genau in meine Handfläche.
Meine Brustwarzen amüsieren sich mit dem Wasserstrahl.
Ich drehe den Wasserhahn zu.
Klitschnass stehe ich vor dem Spiegel.
Meine Finger werden hungrig.
Sie cremen meine feuchte Haut ein.
Ich ziehe einen String an.
Er gleitet in meinen Arschspalt und gibt mir ein geiles Gefühl.
Ich ziehe meine Stiefel an.
Ich ziehe meinen schwarzen BH an.
Und spiele Billard.
P.S.: Die Olympischen Spiele sind eröffnet! Das Feuer brennt.

Oje, ich fühl mich wie ein kleiner Schuljunge.
Allerliebste Svenja,
uh, da bin ich ja beruhigt, dann kann man richtig Gas geben. Ich bin auch, total beziehungsunfähig.
Gut, schnell geklärt, weiterspielen...!
Ich stehe auch auf Billard, ich kann gut spielen.
Bereit für Olympia. Heimvorteil.
Die Grippe, die weiss nicht recht, was sie will, sie spielt wohl auch mit.
Donnerstag steht in den Sternen.... aber ich brauch's ja so dringend, der Stoff geht aus.
Ich liebe es, mit Dir zu spielen.
Kuss, Nummer (8)

Tja Georgy, Du bewegst dich auf gefährlichem Terrain...!

Ich habe einen X5, der ist dafür gemacht...

Verlass Dich nicht zu sehr auf Dein Auto.

Wie soll es denn nun weitergehen?

Du kannst mir ja mal Dein Drehbuch senden, dann kann ich schon mal meine Rolle üben.

Bleib so! Unbedingt! Du kannst vielleicht eine Rolle vorwärts üben. Oder eine Frühlingsrolle...
Georg

Sehen wir uns diese Woche, wenn Du dieses Mal bei mir in Bern übernachten kannst?

Hoi Sternschnuppe,
Du, es steht wieder in den Sternen, aber er und es sieht nicht gut aus. Könnte sein, dass es ins Wasser fällt, und ich hab mich ja so gefreut.
Filaki

Bonjour!
Wollte gerade E-Mails von Dir reklamieren!
„No problem" wäre gelogen.
Jedoch scheint der Stern weiter und übt Purzelbäume.
Lass Dich nicht stressen oder wird's Dir plötzlich doch zu gefährlich?
Einen Sonnenstrahl für Dich.
Svenja

Sternschnuppe....
Ich bin immer noch auf der Kippe....
Aber ich melde mich.

Georgios war wieder in Bern.

Die erste gemeinsame Nacht

Coucou!
Bist Du gut in Zürich angekommen?
War der 4-Liter noch vor der Hoteltür? Mit Ticket oder ohne? Ich habe schon lange nicht mehr so gut geschlafen!
Bisou

Hei Babe,
ja klar. Es sind 4.4 Liter geiler Hubraum.
Ohne Ticket, dafür ein Liebesbrief vor der Haustüre.

Schon erschreckend: Mir geht's auch sehr gut, für den geilen Sekundenschlaf.
Es gibt Dinge im Leben die erfährt man erst durch andere...
Wie z. B. dass man sich prüde fühlt, wenn plötzlich eine splitterfasernackte Mandarine aus dem Bad hüpft...
Das war eine heisse, fast zu heisse Nacht, aber wir brauchen's ja brenzlig.
Geniess Deinen Tag hoffentlich angenehm nass.
Georg

Guten Morgen!
How are you? Der gestrige Tag war mehr als trocken.
Mit Dir, nicht zu heiss, nicht zu kalt, einfach schön.
Heute Morgen, meine Energien mussten raus. Bin aufs Spinning-Velo gestiegen und mein MP3-Player liess mich strampeln.
Ich will nach Hause! Schon bald ist 18.00 Uhr.
Gestern habe ich einen wichtigen Anruf von meinen Schwestern erwartet. Er kam nicht... Ich hoffe nur, dass das kein schlechtes Zeichen ist.... I'll let you know.

Bisou
P.S.: Ich bin vernarrt in Deine Stimme. Sie ist so sexy. Sie könnte mich jeden Morgen aufwecken.

Hallo Darling,
geht gut, Schlafmangel, ganzes Wochenende Programm mit Hanna.
Diese Nacht war doch irgendwie Magic. Ich mag die Momente mit Dir.
Filaki, Georg

Georgios,
Genf ist eine verrückte Stadt, oder bin ich es?
Kleine Episode – real und irreal. (in einer kleinen Boutique)

In einer kleinen Boutique

Die Chefin der Boutique und ich sind allein in der Umkleidekabine.
Sie öffnet meinen BH.
Sie steht hinter mir.
Betrachtet meine Brüste im Spiegel.
Sie streift den Körbchen-BH an meinem Körper runter.
Wie aus Versehen berührt sie sanft meine Brüste.
Ihre Hand gleitet an meinem Körper wieder hoch. Sie beginnt meine Brüste zu massieren.
Ich spüre Ihren erregten Atem an meinem Nacken.
Sie misst meinen Brustumfang.
Das Massband verschiebt sich unter die Brustwarzen.
Mit Ring- und Zeigefinger richtet sie das Band direkt auf meine Warzen. Ihr Blick ist über meine Schulter in den Spiegel auf meine Brüste gerichtet.
Das Band wird enger.
Es erregt mich.
Sie verlässt die Kabine und kommt mit einem Kettchen-BH zurück.
Das kühle Metall lässt meine Haut von innen frösteln.
Mein Busen wird hart.
Sie legt die Kettchen um meinen Hals und klippst sie an meinen Warzen ein.

...ich bin ja absolut nicht belesen, aber ich könnte das stundenlang lesen und immer wieder....
Ich kenne Genf und ich glaube Du bist verrückt, deine Fantasie hat Dich voll im Griff.
Mich macht das scharf, ich denk mir auch solche Szenen aus, natürlich nicht in so erotischer Art, oder doch? Wahrscheinlich schon. Aber die Umsetzung ist dann doch sehr viel aufwendiger, als neue Gedanken passieren zu lassen.
Ich will Dich nicht, ich nimm Dich einfach.
Georg

Hei Maus,
hatte das Telefon auf lautlos, habe dein Mail erst kurz vor Bettruhe gesehen.
Du schläfst schon schön, ich muss jetzt los.
Dein Internet funktioniert wieder? Grusskuss, möchte mit Dir im Bett sein.
Georg

Good morning my dear,
um 7 Uhr morgens war ich auch bereits hellwach, jedoch schön gemütlich. Ich bin immer noch in Bern, habe es gestern nicht mehr nach Genf geschafft.
Fahr jetzt los....
Habe heute Morgen Bern-Stadt ein wenig unsicher gemacht. Es ist einfach so gemütlich hier. I like it!
Ich habe tolle News zu berichten, jupiiiiiiii! Die Leuenberger Sisters beginnen zu rocken!
Wir haben endlich einen Raum für unser Restaurant und Take Away gefunden. Früher war es ein Pferdestall, ein wirklich alter Schuppen, also wir haben zu tun....
Die E-Mails gehen weiter...

Ich habe jedoch das Gefühl, sie gehen bereits Richtung ordinär.
Nein, lass das nicht geschehen!!!!
Bisou, Svenja

Hei Baby,
Ordinäääääääääääär ist andeeeeeeeeeeeeeeers!
Ich bin nur froh, dass ich nicht zu heiss bin. Gut, nach so langer Zeit kann's ja auch nicht mehr sein, oder ich bin einfach so warm… denn wenn ich zu heiss wäre, dann hättest Du Dich ja wieder verliebt... und dann ginge der Schlammassel wieder los.....
Ich weiss, was Du meinst mit ordinär, die Gefahr besteht natürlich immer.
Aber ich freu mich schon wieder auf Dein Lachen!
Hatte gestern mein Telefon auf lautlos, neuerdings auch ohne Vibration, da hört man zwar nichts mehr, und die, die man hören will, eben auch nicht.
Hei, geiles Wetter in Zürich. Wie steht's in Genf?
Dicker Kuss, über den See, Georg

Ciao Georgy-Boy!
Besorg Dir eine neue Telefonleitung!! Regel Nr. 1: Vermische niemals Privates mit Geschäftlichem.
Das gibt Rosenkohl, bitter – ungeniessbar, lang bleibender Abgang.
Was ist denn verliebt sein? Spürt man das? Hört man das? Sieht man das? Riecht man das?
Je t'embrasse
Svenja

Hallo Supervagina,

ich find, feuchte Vaginas gehören zum Schönsten auf dieser Welt. Du solltest meinen Schwanz auch schön finden, sonst fühlt er sich so alleine und findet's langweilig.
Was sind denn das wieder für Regeln?
Betrifft das uns oder einfach so?
Ich vermische nicht mal Milch mit Rahm. Und hasse Rosenkohl.

Verliebt sein ist etwa so:
Du nimmst Deinen Finger und führst ihn zu Deiner Vagina. Du reibst und machst das, was Du brauchst, und nachdem Du gekommen bist, musst Du ganz fest an diese Person denken....
....wenn das gut kommt, könntest Du verliebt sein.
Wenn nicht, dann bist Du es nicht..... Das wäre dann die Leere oder so....
Hasta la victoria
Georg

Diese Regel ist einfach so für die Allgemeinheit, sozusagen ein ungeschriebenes Gesetz.
Ich mag Deine Liebes-Erklärung.
Werde es ausprobieren....
Mir gefällt Dein Schwanz, oder besser gesagt, mir gefällt, wie er reagiert (viel hab ich von ihm ja noch nicht gesehen).
Bisou, Svenja

Svenja, Schnüfi,
ich habe gar kein Hirn, ich hab nur einen Schwanz bekommen.... deshalb begreife ich das nicht.....!
Lieber Gott.

Hier ein kleiner Verbesserungsvorschlag:
Das Leben sollte mit dem Tod beginnen
und nicht andersherum!
Stell Dir das mal vor:
Du liegst 6 Meter unter der Erde.
Es ist dunkel und muffig
und dann gräbst Du dich dem Licht entgegen.
Dort angekommen gehst Du ins Altersheim.
Es geht Dir von Monat zu Monat besser.
Dann wirst Du rausgeschmissen, weil Du zu jung bist.
Spielst danach ein paar Jahre Golf bei fetter Rente,
kriegst eine goldene Uhr vom Arbeitgeber
und fängst gaaaanz laaaangsam an zu arbeiten.
Nachdem Du damit durch bist, geht's auf die Uni.
Du hast inzwischen genug Geld,
um das Studentenleben in Saus und Braus zu geniessen.
Nimmst Drogen, hast nix als Frauen bzw. Männer im Kopf
und säufst Dir ständig die Hucke voll.
Wenn Du davon so richtig stumpf geworden bist,
wird es Zeit für die Schule,
die natürlich mit einer einwöchigen Klassenfahrt ins benachbarte Ausland beginnt.
In der Schule wirst Du von Jahr zu Jahr blöder,
bis Du schliesslich auch hier rausfliegst,
natürlich mit einer riesigen Tüte voller Süssigkeiten.
Danach spielst Du ein paar Jahre im Sandkasten,
anschliessend dümpelst Du neun Monate in einer Gebärmutter herum
und beendest dein Leben als ORGASMUS!!
Das wäre doch geil!

Dear Georgios,
Ich glaube, der liebe Gott hat dich gehört...!!!!

Das wäre wirklich geil!! Auf diesen Gedanken bin ich noch gar nie gekommen....!!!
Nur etwas gefällt mir nicht:
Zu wenig Orgasmen.... oder, wenn Du das Leben als ORGASMUS beendest, sollte er Dich nicht sterben lassen und Dich gleich wieder ins Leben werfen können.....

Du, kommst Du heute Abend nach Bern?
Oder wirft das Dein ganzes Leben durcheinander?
Svenja

Hallo Svenja,
ein Scheiss hat mich erhört!
Wenn man mich erhört hätte, hätte ich bereits gevögelt und zwar ordinär und langweilig, aber wenigstens gevögelt.
Sorry, ich komme nicht nach Bern, ich mag keine Abende, die sich wiederholen.
Im Bett war es lustig, aber jetzt ist Schluss mit lustig. Ich hab keine Lust auf Petting, geschwollene Eier usw. Falls man das so nennen darf.

Liebe Svenja, da ich ja keinen Schaden habe und gerne bumse, werde ich das auch tun, leider nicht mit Dir, dass das schade ist, wiederhole ich jetzt zum x-ten und letzten Mal.
Sorry, bad but real news.
Georg

Na dann.., enjoy your Fuck!

Einige Tage später...

Die Leere war da

Lieber Georgios,
die Leere war da.
Mein Nervensystem reagierte heftiger auf Dein narzisstisches Zickengetue, als ich gedacht habe.
Deine Erbarmungslosigkeit kann so leidenschaftlich wie auch demonstrativ aggressiv sein.
An Deinem strategisch weiten Horizont kann es nicht liegen, vielleicht liegt es an der kurzen Leine, von welcher Du geführt wirst?
Svenja

Liebe Svenja,
die Leere war da. Ach ja? Wie komisch, was meinst Du, was bei mir angeflogen kam? Die vollen Eier?
Tütütü, ich bin keine 16 mehr und mein Sperma drückt auf meine rechte Hirnhälfte.
Ich muss mein Hirn retten. Sonst werde ich noch komisch und möchte keinen Beischlaf mehr.
Das reicht, wenn Du es so hast.
Georg

Lieber Georgios,
wenn Du jemanden für Deinen 30-Sekunden-Kick suchst, empfehle ich Dir, Dir ein tolles Flittchen zu angeln. Gratis oder gegen Bezahlung. Beides sollte für Dich kein Problem sein.
Ich kann Dir nur real life bieten. Erregtheit und Geilheit 24/7.

Falls sich für Dich die letzten 3 Monate als reine Zeitverschwendung entpuppt haben, tut es mir leid für Dich.
Für mich ist dies nicht der Fall. Ich kann Dir jedoch versichern, dass ich nun auch Besseres zu tun habe und nicht anfangen werde, meine Zeit zu verschwenden.
Liebe Grüsse
Svenja

Allerallerliebste Svenja,
mach Dir keine Gedanken um meine 30 Sekunden. Ich will die mit Dir erleben.
Das, was Du zu bieten hast, mag wahnsinnig super sein, trifft sich aber leider nicht mit meiner Vorstellung. Ich steh auf Frauen, die scharf auf Schwänze sind, und nicht auf Ihre eigene Sackgasse, was ich zugegebenermassen bei Dir super finde.
Die letzten 3 Monate waren superspitzenklasse, ich werde keine Minute vergessen. Zeitverschwendung ist vielleicht dieses Mail, aber nur, weil es Dich bereits nicht mehr interessiert.
Also, liebste Svenja, solltest Du mal eine Flasche Wein finden und keinen der mittrinkt....... ich würd's tun.
Und eigentlich sehe ich auch keinen wirklichen Grund für Säuerlichkeiten.
Sauerrahm, Georg

Eine Woche später.......

Sehr geehrter Herr Georgios,
Ich habe Sie als aussergewöhnliche Person kennen und schätzen gelernt.
Dank Ihnen wurde ich immer wieder Zeugin von extraordinären Stunden.

Die kleinen grossen, normalerweise ungesagten Details, welche einem lautlos zum Schreien bringen.

Auch für mich gibt es keinen Grund für Sauerkraut.
Nur finde ich es sehr schade, dass diese Erkenntnis Ihrerseits sehr beschränkt war und Ihre Neugierde auf mehr nur in der Sackgasse enden wollte.
Ihre E-Mail hat bei mir eingeschlagen wie der Big Bang.
Ich wurde von der Erde ins Universum geschleudert und um den Globus gewirbelt.
Nach achtundvierzig Stunden bin ich wieder mit beiden Füssen auf der Erde gelandet.
Der magische Link zu Georgios war weg.
Man trifft sich ja meistens zweimal im Leben.
Bis dahin wünsche ich Ihnen dasselbe wie Sie mir.
Oder wir schreiben weiter. Ich brauche nämlich mehr Stoff für mein Buch.
Dabei können Sie sich weiterhin Ihr Hirn aus dem Kopf kiffen und indirekt an meinen Orgasmen teilhaben, ohne dass jemand zu Schaden kommt.
Yours friendly
Svenja Leuenberger

Sehr geehrte Frau Leuenberger,
besten Dank für Ihre E-Mail.
Wissen Sie, die Neugierde meinerseits hat sich leider relativ schnell gelegt, da Sie einseitig war. Dies bekommt einem Egoisten wie mir nicht gut.
Deshalb kam's so, wie es kommen musste. Leider oder zum Glück.

Und ich gebe zu, ich hätte mich auch wieder gemeldet, wenigstens noch geschäftlich, weil ich Dich mag. Aber am

Testosteronproblem ändert das kein bisschen... und ich bin doch so arrogant, dass ich nicht jede... Du weisst schon.

Was läuft eigentlich mit Holz, brauchst Du noch was oder kann ich das, WAS ICH EXTRA FÜR DICH AUFGEHOBEN HABE, entsorgen?

Mein Schwanz wird tatsächlich um einiges härter, wenn ich beim Wichsen an Dich denke. Immer noch!
Und ich kann mit gutem Gewissen sagen, ich hab's genossen mit Dir, das war ne geile, geile Zeit, aber Du musstest ja zicken und zicken und zicken und zicken und dann aufs neue zicken und dann noch weiter zicken.
Sonnige Grüsse
Georg

Ich will, dass Du mich bumst, aber so richtig! Ich will einen Vaginal-Orgasmus mit Deinem geilen Schwanz erleben!
Svenja
P.S.: Holz bitte unbedingt NICHT entsorgen!!!!!

Deine Emails werden auch immer kürzer.
Du geile Sau, was soll man dazu noch sagen.
Wie geht's im normalen Leben?
Da ich mir ständig die Birne zukiffe, wünsche ich mir eine kleine Teilnahme am Schrei.

Dein geiler harter Schwanz wird reingesogen – rausgepustet – reingesogen – rausgepustet – reingesogen – rausgepustet – reingesogen – rausgepustet....
Er denkt, er sei schon voll drin.

Er wird geführt. Er kann weder links noch rechts entrinnen.
Wenn er rausgepustet wird, wird er von den Schamlippen aufgefangen und im warmen Schleim gebadet. Er fühlt sich pudelwohl.
Dein Schwanz wird nicht gefragt, was er will.
Die Vagina hat die volle Macht über ihn.
Er wird reingesogen. Tiefer. Die Vorhaut wird zurückgestrafft.
Es ist eng, sehr eng. Er wird wie durch einen Ring gedrückt und von allen Seiten gepresst.
Er steckt nun bis zur Hälfte in der Höhle.
Die Bewegungen sind sehr minimal, fast nicht wahrnehmbar.
Er kann sich gar nicht bewegen.
Er wird wieder rausgepustet bis zum Eingang und wieder reingesogen.
Es ist Morgen. Dein Schwanz erwacht.
Immer noch steif und geil. So, wie er eingeschlafen ist.
Wohlbehütet in der warmen Höhle.
Er reckt und streckt sich und sogleich wird er wieder gedrückt.
Und er wird solange gedrückt, bis er seine Arbeit erledigt hat.

Sollte es tatsächlich zu so einem Sündenfall kommen, bin ich froh, wenn ich reinkomme, und dann unheimlich froh, wenn ich nicht gleich erwürgt werde, und unheimlich froh, wenn ich lebendig wieder rauskomme.

Wo bleibt deine Fantasie?
Letzte Nacht habe ich gedacht, ich gebäre ein Kind.

Ich habe mir eine Unterleibserkältung (am letzten Tag in Bern) geholt. Gleichzeitig hat meine Periode eingesetzt. Ich kann Dir sagen, das war kein Spass, Schmerzen, wie ich sie noch nie erlebt habe. Spüre jetzt noch die Nachwehen. Dabei ziehe ich mich doch immer warm an!! (Kinderwunsch wieder um einige Jahre verschoben...)

Meine Feuchtigkeit wurde zum Glück dadurch nicht ausgelöscht.
And how about you?
Svenja

Pass auf Dich auf, das sind keine lustigen Sachen.
Soll ich Dir meine warmen Hände auf den Bauch legen und ein wenig streicheln?
Mir geht's gut, ich bin unglaublich scharf dieser Tage, hat das mit Dir oder mit dem Mond zu tun? Ich könnte mir den ganzen Tag einen runterholen.
Georg

Ich würde jetzt sehr gerne Deine zarten Hände spüren.
Svenja

Ich glaube, wir müssen es wieder tun....

Nachdem Du dann Deiner Prüderie zum zweiten Mal (zwar etwas gefasster) begegnet bist, machst Du mir dann im Nachhinein wieder eine riesen Szene von wegen Testosteron, bla bla bla.... Georgios, für solche Spiele habe ich keine Nerven mehr!
Bisous, Svenja

Ich dachte an Weintrinken. Zickenterror.
Ich liebe Szenen mit Dir, Du kleine Zicke.

Amore,
Ich werde für ein paar Tage untertauchen. Weiss nicht, wann ich wieder online bin.
Also, immer schön artig bleiben! Je t'embrasse
Svenja

Du, Georgios, kommt Dir spontan zu „femme fatale" was Spannendes in den Sinn?
Ich muss eine Story darüber schreiben. Inputs eines Profis können da nie schaden.
Vielen Dank!
Svenja

Du meinst doch nicht mich?
Die Femme fatale, die ich kenne, trug immer Spitzenwäsche, weil sie genau wusste, dass das die Männer anmacht. Überhaupt liebte sie es, wenn man ihren String sah, sie liess ihn extra ein wenig hinausschauen. Sie konnte auch mir nichts Dir nichts, sofort und überall Sex haben.
Meinst Du die?

Genau die! Vielen Dank für Deinen Tipp
Svenja

Schreib doch Deine Biographie....

Darf ich mir von Dir einen Geburtstagskuss wünschen?
Er darf auch länger sein als eine Minute.
Später werden's dann Diamanten sein...:-)

Schau mal an – die Kleine ist wieder im All.
Alles klar beim schönen Wetter?
Jeder darf sich einen Geburtstagskuss wünschen, aber nur wenige erhalten einen.
Ich muss mal schauen, ob ich noch einen langen leidenschaftlichen im Köcher habe.
Alles Gute zum Geburtstag, auch wenn Du einen Tag vor meinem Vater hast.

Georgyboy,
bist Du böse mit mir?
Deine Stimme zwischen Deinen Zeilen tönt nicht so lustig.
Svenja

Du solltest vernascht werden.

Georgios,
Schwänze machen mir Angst. So, jetzt weisst Du's. Zufrieden?
Oftmals tragen sie Bakterien, auf welche meine Vagina allergisch ist und sehr heftig reagiert. Oder sie machen ihr einfach weh.
Meine Vagina ist das Beste, was ich besitze. Elle est la vie – elle est ma vie.
Deshalb wird sie auch so gut behütet.
Svenja

Svenja
Du machst mir langsam Angst.
Darum nur mit Gummi.
Problem gelöst. Meines Wissens trägt man x-tausendmal mehr Bakterien an den Händen.

Vielleicht sollte die Allerheilige wieder mal in Gebrauch treten, wenn sie äusserst ungehalten reagiert. Svenja, also ich wollte es ja nur lustig haben, auch mit ihr.

Zum Glück habe ich einen Knall, sonst wär ich ja normal...!!

Ja schon, aber Du hast ihn am falschen Ort.

Hallo Svenja,
falls ich jemals gesagt habe, Du gleichst Maria Zindel nehme ich das in aller Form zurück. Ich habe Sie live neben mir gehabt, und das war nicht annähernd Deine Schönheit.
Mal so kurz reingeplätschert.
Schöner Tag, Georg

Bonjour Monsieur,
was für eine Ehre, von Herrn Georgios so reich beschenkt zu werden, und das am Montagmorgen!
Es gibt sie wirklich..., Verrückte, wie wir es sind.
Du solltest sie kennen lernen.

Du, ich glaube, wir haben schon zu lange keinen E-Mail-VERKEHR mehr gehabt. Ich verstehe nicht, was Du meinst... Wen gibt es wirklich? Wen sollte ich bitteschön kennenlernen?

Ach ja, stimmt, unser Aktiv-Verkehr ist etwas eingeschränkt. Du kannst das gar nicht verstehen. Vielleicht liegt es daran, dass mein Interaktiv-Verkehr weiter läuft.

Vielleicht wäre ein interaktiver Psychiater nicht schlecht.

Wie darf ich das verstehen?

In etwa so:
Wer in Paranoia wegen Bakterien auf Schwänzen davonrennt, sollte dringend psychiatrische Hilfe in Anspruch nehmen, bevor es zu spät ist.

Ach Georgios.... Kannst Du mir nicht was Schöneres schreiben? Weisst Du, im Moment habe ich wirklich andere Sorgen, welche mich mehr interessieren, als einen Psychiater aufzusuchen.
Die Location der Sisters wird langsam konkreter.
Ja, wie gesagt langsam.... zum Glück sind wir ja nicht im Stress und wir geniessen es einfach und nehmen's wie's kommt...
Es kommt alles gut im Leben.

Du hast einen geilen Schwanz, das ist ganz klar!
Du bist wirklich mein grösstes Geschenk und................
ich vermisse Dich.
Svenja

Lustig, gerade an Dich gedacht.... und da kommt das E-Mail reingeflogen.
Was machst Du?

Ich war mit meinen Showgirls in den Flumserbergen.
Skifahren bei Regen, Schnee, Wind und trotz allem viel Sonne und milde Temperaturen.

Das sind absolut tolle Frauen!! Und es ist immer ein grosses Erlebnis, wenn wir zusammen sind!
And how about you? Was passiert in Deinem Leben?

Mittagessen in St. Gallen? Unverhofft kommt oft.....
Bist Du überhaupt in St. Gallen?
Oder Basel oder was?

Cheri,
wie gerne würde ich mit Dir den Mittag und Abend in St. Gallen verbringen. Nur bin ich morgen in Zürich.
Hast Du Lust, mich an eine Theater-Premiere zu begleiten?
Habe den Namen des Stücks vergessen. Aber ich glaube, es geht um den Tod... oder so was....
Svenja

Du weisst genau, was ich mit dir tun möchte.
Ich kann und will nicht ins Theater, mein Leben ist bereits ein Trauerspiel.
Schick mir mehr Fotos, dann hab ich was von Dir!

Tja, wenn das immer alles so einfach wäre, wäre ich schon lange Millionärin. Nur hätte ich wahrscheinlich halb so viel Freude daran.

Georgyboy, Warum schreibst Du mir nicht mehr?
Bist Du dabei, Dir eine Affäre zuzulegen? Damit wir dieselben Voraussetzungen haben und wir endlich das Minutenspiel spielen können?

Svenjamäuschen,
ganz ehrlich gesagt ist mir der Schreibstoff ein wenig ausgegangen nach Deinem Bakterien blabla.

Eine Affäre? Nein, solche Sachen würde ich nie tun. Ich warte immer noch auf Dich.
Aber ich weiss nicht recht, wie ich mir das so vorstellen soll, mit Dir... das macht mich nur verrückt.
Georg

Lässt Deine Kreativität nach?
Georgios, so kenn ich Dich ja gar nicht...!
P.S.: „... das macht mich nur verrückt" – ich kenne dieses Gefühl.

Ich hab nie gesagt, ich sei kreativ, ich bin nur so versaut, dass das schon kreativ wirkt.

Dann lass mal wieder die Sau raus!

Sie ist angebunden!

Dann musst Du sie losbinden.
Oder sie muss warten, bis sie jemand befreit
oder sie erwürgt sich am Strick.

Gewürgt bis gekotzt.
Lass uns das Minutenspiel spielen!

Ja, wir werden spielen!

Was spielen wir denn? Fang mich?

Why not..., wenn die Fläche 4 m² nicht übersteigt... sonst fühl ich mich benachteiligt.

Du denkst, Du bist gesund?

Willst Du mich mit Deinem Arzt verkuppeln oder was?

Nein, mit einem Psychiater.

Auf was ist der spezialisiert?

Paranoia.

Einfaches Misstrauen ist keine Paranoia! In einen Psychiater wäre eindeutig falsch investiert.
Aber wenn Dr. X einen geilen Arsch hat, werde ich's mir nochmals überlegen!
Zudem glaube ich, dass Du mein m²-Mail falsch interpretiert hast. Es ging da um ziemlich genau das Gegenteil von Paranoia.

It is a simple fact..... dass wir immer um denselben Brei herumreden. D a s   k o t z t   m i c h   a n!
Jedoch ohne kann ich auch nicht mehr. Das kotzt mich noch viel mehr an!

Morgen ist Dominik, mein Mitarbeiter, in St. Gallen, soll er oder soll er nicht das Parkett liefern?

Ja, er soll.

Dann gib mir ganz schnell die genaue Adresse und ob irgendwer vor Ort ist für den Zugang.

Svenja, ich brauche:
Adresse, Nummer Deiner Schwester.

Tango
Ich liege in den Armen meines Freundes und weine,
weil ich mir wünschte, es wären Deine feinen Hände, die mich begehrten.
Dein Körper, welchen ich spüre,
Dein harter Schwanz, der mich erregt bis zur Besinnungslosigkeit,
Deine heissen und wilden Küsse, die mich verschlingen und wahnsinnig machen.
Ich liebe das Leben dramatisch, wie der Tango es ist.
Die Realität sieht anders aus.
Eigentlich will ich gar keine Machtspiele spielen,
sondern einfach geliebt werden und meine Fantasien ausleben.
Unsere gemeinsame Berner Nacht habe ich voll genossen, weil es für mich der Körperaustausch ist, nach dem ich mich sehne, und ich kann es unmöglich verstehen, dass es für Dich wie Eierbewerfen war.

Ich erwarte nicht unbedingt eine Reaktion auf dieses E-Mail (obwohl mich Deine Reaktionen immer wundernehmen).
Erwartungen zu stellen, ist zu anstrengend und wird deshalb eingestellt.
Ich bin einfach wieder mal very happy über die Selbsterkenntnis meiner eigenen Angst-Psycho-Analyse.
Svenja

Frohes Eiersuchen!

Hast du schon mal was von „Feuchtgebiete" gehört?

Nein, wenn ich google, finde ich ein Buch von Charlotte Roche. Ist es das, was Du meinst?

Bingo.
Deine Texte sind erotischer und geiler, aber Charlotte verdient richtig Kohle damit.
Schreib ein Buch und werde reich.

Willst Du Deinen offiziellen Namen behalten? Oder willst Du inkognito bleiben?

Mit Namen, Adresse und E-Mail.
Damit sich auch jede Schwanzgeile bei mir melden kann, aber bitte keine Bakterientraumata!
Grusskuss, Georg

Ich bin ja gespannt, was sich da für geile Weiber melden werden. Bei den Vorstellungsgesprächen werde ich auf jeden Fall mit dabei sein!

Heute kam das E-Mail der Woche.
Mr. Buchhalter will mich zum Kaffee einladen.
Du musst Dir vorstellen, er ist der Inbegriff eines Buchhalters und spricht mit niemandem ausser mit seinen Zahlen.
Den Bus betritt er mit dem Rücken voran als Letzter, damit er niemandem in die Augen schauen muss und er der Erste ist, welcher das fahrende Boot wieder verlassen kann.
Für mich war er natürlich ein gefundenes Fressen, um zu kitzeln und ihn ein wenig aus seinen Löchern zu locken.

Er brauchte allerdings ein Jahr Überwindungszeit, aber...
es hat funktioniert.

Bakterien: Ein Pilz hat sich an meinen Mundwinkeln eingenistet und will nicht mehr aufhören, sich zu reproduzieren. Jede Bewegung des Mundes schmerzt und ich kann ihn nicht weiter öffnen als 1cm. Vom ästhetischen Gesichtspunkt will ich gar nicht erst schreiben...
Svenja

Der Flug

Du sitzt auf dem Bürostuhl.
Ich steige mit einem Bein darüber.
Ich strecke mich, von der grossen Zeh bis zur Fingerspitze, um an das Buch hinter Dir, über Deinem Kopf zu gelangen.
Mein Körper ist gegen Deinen gelehnt.
Deine Finger greifen nach meinem Nacken.
Sie fahren langsam an meinem Rücken entlang hinunter, bis sie meine Po-Backen fassen.
Du dehnst sie auseinander.
Deine Fingerbeeren regen den Appetit meiner Vagina an.
Deine Finger spüren die Wärme.
Deine Hände bringen meinen Arsch zum Glühen.
Ich werde zahm wie ein Lamm.
Mein Oberkörper ist immer noch gegen Deinen gelehnt.
Er gleitet langsam an ihm runter.
Deine Handbewegungen dehnen immer wieder meine Arschbacken auseinander.
Ich spüre Deine Eichel an meiner Schamlippe.
Mein Bauch füllt sich mit Luft gegen Deinen.
Mein Becken ist nach vorne gekippt, im holen Kreuz.

Ich will, dass Dein Schwanz jede erregbare Zone in meiner Vagina küsst.
Ich gleite.
Meine Fussriste legen sich auf Deine Knie.
Ich fliege.
Svenja

Bei mir kribbelt es zwischen den Beinen, und ich denke, man sollte Dich dermassen geil durchvögeln, bis Deine kleine geile Vagina wieder auf dem richtigen Weg ist.
Ein Jammer mit Dir!!!!

Habe gerade unglaubliche Gelüste nach Bratwurst. Ohne zu denken, kommst Du mir in den Sinn und es wird feucht.

Soll ich jetzt meinen Senf dazugeben oder nicht?

Bevorzuge sie in Nature, leicht knusprig, gut durch.
Du bist unglaublich! Sobald es um Deinen Schwanz geht, stehst Du!

Ja, so bin ich, einfach und versaut.

Es ist Deine Versautheit, die mich geil macht.

Ich bin noch viel versauter, als Du denkst.

Beschreib sie mir.

Ich steh auf Deinen geilen Arsch!

Analyse „Naturkatastrophe" – wissenschaftlich unterstützt

Trotz meines nüchternen Realismus bin ich keine Feministin, sondern lebe in meiner eigenen (Wunsch-)Welt und glaube immer noch an den Gentleman im Manne.
Manchmal frage ich mich jedoch, für was Männer, ausser zum Kindermachen, von Nutzen sind. Wohlgemerkt, Kindermachen ist nicht zu unterschätzen und es sollte eigentlich nicht jedes männliche Wesen zur Fortpflanzung berechtigt sein. Somit wäre das Problem der Überbevölkerung gelöst sowie die Qualität der Menschheit gesichert oder zumindest um einiges verbessert. Du hingegen, finde ich, würdest eine Berechtigung erhalten und solltest deshalb unbedingt wieder in die Kinderproduktion einsteigen. Meine Natur hat noch kein Verlangen danach und ein Schwanz befriedigt mich nun mal nicht.*
Mein Arsch muss einfach immer „on fire" sein, sprich, ich brauche einen Teddybär, welcher meinen Vulkan verehrt.
Keiner von uns wird natürlich Kompromisse eingehen, da wir ja beide voll im Recht sind.
Eine Naturkatastrophe zwischen zwei überzeugten Egoisten ist demzufolge nicht zu vermeiden.
Svenja
*Diese Aussage basiert auf mehrjähriger wissenschaftlicher Forschung. Die genaue Anzahl der dazu benötigten Testobjekte wird nicht öffentlich bekannt gegeben.

Am internationalen Ärzte-Kongress wurde die Lage, Wichtigkeit und
Auswirkung des G-Punktes neu erforscht.
Für Männer eine absolut überlebenswichtige Information.
Hast Du schon davon gelesen?

Liebe Svenja
Ich kann Dir eine Vagina von innen zeichnen, nur anhand meines Finger-Scans.
Falls Du jemanden findest, der Deinen Arsch geiler findet als ich, lass es mich wissen.....
Georg

Auswertung des G-Punktes:
- Lage: am Ende des Wortes Shopping g
- Wichtigkeit: wie gesagt, überlebenswichtig für Männer
- Auswirkungen: fatale, auf das männliche Wohlbefinden

Ich umarme Dich with a smile
Svenja
P.S.: Ich will gar nicht erst anfangen zu suchen...

Test, Test, Test...
Erfahre heute mehrere Erfolgserlebnisse. Geiles Gefühl!
Bei einem bist Du wieder mal mein Opfer.

Es fängt an zu kribbeln, wenn ich Deinen Namen unter meinen E-Mails sehe....
Georg

Herzlichen willkommen im Spiel der Begierde!
Je weiter weg Du bist, desto grösser ist die Lust nach Deinem Schwanz.

Ich habe heute Morgen auch mit meinem harten Schwanz gespielt und an Dich gedacht und jetzt wandert meine

Hand gleich zu meinem Schwanz und ich stelle mir vor,
Deine Hand wäre an meinem Schwanz....

Meine Hände geben ihn weiter an meinen Mund.

Zürich oder Genf?

Wenn Du dich beeilst, Genf.

Good morning Mr.,
kennst Du den Song „Mercy" von Duffy?
Das Lied könnte von mir für Dich geschrieben sein....
Take it with a smile.

Wann gehen wir Wein trinken?

Gehst Du wieder voll in die Offensive?
Wann willst Du denn Wein trinken?

Du, ich finde nach wie vor, dass Du eine geile Stute bist,
bist zwar nicht ganz dicht, aber andere sind's auch nicht.
Zeit ist ein anderes Problem.

Dein Charme hatte auch schon bessere Zeiten.

Also geile Stute finde ich nicht unbedingt uncharmant. Ein
bisschen rau vielleicht.

Mein kleiner Hengst.
Ich wünsche Dir schöne Pfingsten.

Meine kleine Jungstute,
ich wünsche Dir auch den Ringsten an Pfingsten.

Lieber Gruss, ich liebe Dich immer noch!
Georg

Meine Lippen möchten Deine Lippen spüren.

Uh, schön…

Ich will mit Dir schlafen.

Schick mir ein Foto von Dir.

Gib mir eine Stunde.

Ich reibe an meinem Schwanz und denke an Dich. Er ist so hart. Ich lese Deine E-Mails.

Ich spüre Deinen geilen Schwanz.

Ich will Deine Brüste.

Sie sind hart und erregt.

Ich lecke Deine Vagina.

Ich bin zu Fuss unterwegs. Meine Vagina ist so erregt. Sie tropft.

Ich trinke Deinen Saft.

Rosenblüte.

Deine Beine und Schenkel, bitte.

Dein Schwanz war mein. Der Vulkan hat geschrien.

Ich bändige Dich mit meinem Schwanz.

Ich will Deinen Schwanz näher sehen, deutlicher, ich will jede Vene sehen. Bis zum Ansatz mit den Hoden.

Gerne wieder, Du kleines geiles Ding.

Georgios, ich bin unersättlich!

Ich auch, war ein schöner Kuss.

Darf ich mich bitte auf Dich rollen? Ganz gestreckt und ganz langsam?

Nur wenn ich Deinen geilen Arsch spüre.

Wie willst Du ihn spüren? Ich glaube, ich spüre heute einen bissigen Hengst.

Ich bin an Deinem Arsch und reibe und drücke an Deinem Anus.

Mach mich geil.

Mein Anus zieht sich zusammen. Mein Arsch drückt sich gegen Deinen harten Schwanz.

Ich will Deinen Anus lecken.

Zuerst leck die erste Rille des Eingangs. Dann kreise Dich voran.

Zeig sie mir.

Cheri, Du musst sie Dir heute in Deiner Fantasie vorstellen. Ansonsten wäre ich in wenigen Sekunden von lauter Schwänzen eingekreist...!

Geil!

Dein verschmitztes Lachen hast Du zum Glück immer noch. Ich liebe es!

Küss mich.

Ich küsse Dich und lass Deinen Schwanz an meinem Arsch aufgeilen. Ich nehme mir Deinen Schwanz von hinten.

Ich umarme Dich und streichle Deine Vagina.
Bis Du Dein Becken durchdrückst.

Küss meinen Nacken.

Dein Schwanz ist zu geil. Ich verwöhne ihn mit meinen Händen und die Eichel mit meiner Zunge.
Nimm meine Brüste in Deine Hände und drück Deinen Oberkörper an meinen Rücken.
Beweg Deinen Arsch im Rhythmus der Begierde.
Sie ist nass.

Ich bin geil auf Dich.

Ich will den ganzen Tag Deinen harten Schwanz an meinem Arsch spüren.

Er ist schon wieder hart.

Er soll so bleiben.
Gratuliere, Du schaffst es immer wieder meinen ach so stark strapazierten Schwanz aus der Ferne geil zu machen.
Meine Gedanken sind so geil, mein Schwanz kann gar nicht mehr, er muss.
Du machst mich sehr geil Svenja, gib mir mehr und immer wieder.

Meine Hand umfasst meinen Schwanz und ich berühre Dich.

Filaki, die Lust nach Dir ist wieder einmal grenzenlos!
Die Nachbeben breiten sich überkontinental aus.
Svenja

Ich reibe bereits.

Ich will Deinen Unterleib sehen. Der Gedanke daran macht mich geil.

Nach mehreren Orgasmen...
Georgios, Du machst mich verrückt!

Du machst mich wahnsinnig. Zeig Dich.
Spürst Du meine Zunge in Deiner Spalte?

Ich spüre sie.... spürte sie bereits den ganzen Tag.

Ich möchte Deine Stimme hören. Ich kann Dich nicht anrufen. Schon der Gedanke daran macht mich so nervös, dass ich keinen Laut über meine Lippen bringen würde.

Ich stelle mir vor, wie Du jetzt noch schläfst, meine Hände streicheln Dich zwischen Deinen Beinen, Du bewegst Dich hin und her... meine Lust wird immer stärker... Du greifst nach meinem Schwanz, ich stöhne, ich will Deine Zunge spüren, ich möchte Deine Zunge in meinem Mund. Ich streichle Dich mit meinem Schwanz, an Deiner Vagina, an Deinem Bauch, an Deinen Brüsten... es macht mich wahnsinnig. Meine Zunge wandert... der Geruch Deiner Vagina macht mich an. Ich lecke sie fein und zart, bis ich spüre, wie Dein Becken sich bewegt. Mein Schwanz ist prall und hart, ich massiere ihn ganz langsam in den Gedanken an Dich.
Ich hoffe, Dich macht das auch so an wie mich!
Einen wunderschönen Tag
Georg

Meine Gedanken sind mehr als bei Dir.
Meine Gedanken werden aktiv.

Beschreib sie mir.

Spürst Du, wie Dein Schwanz in meiner Vagina gedrückt wird?
Ich möchte spüren, wie Dein Schwanzansatz an meinem Beckenboden reibt.

Stöhn mir ins Ohr.
Drück mich fester, ich will den Schmerz spüren.

Ich würge gleichzeitig Deinen Hals. Du kriegst keine Luft.
Du spürst den Schmerz.
Ich will mit Dir lachen!

Ich drücke meinen harten Schwanz ganz fest, reibe rauf und runter, ich platze vor Lust nach Dir. Meine Fantasie braucht Dich.

Meine Haut ist erregt und sensibel. Meine Finger nehmen jede Kerbung, jede Form, jede Materie und Temperatur auf und lassen meine Haut glühen.
I'm so hot! Full of energy and ideas.
I'm ready to rock the world.

Du treibst mich gerade in den Himmel.
Deine Vagina würde ich gerne tausendfach aus jeder Richtung sehen.

Und immer wieder sieht sie anders aus.

Zeig Deine Rose, sie ist ein Wunder.

Schlusswort

Wie geht die Liebesgeschichte weiter zwischen Svenja und Georgios?

Die Fortsetzung folgt im Buch Passion „Teil II".